HEYNE BÜCHER

TODD STRASSER

# Der Pagemaster

*Richies fantastische Reise*

Nach dem Drehbuch von
David Kirschner, David Casci und
Ernie Contreras, basierend
auf dem Buch von David Kirschner
und David Casci

Aus dem Englischen
von Michaela Link

Deutsche Erstausgabe

WILHELM HEYNE VERLAG
MÜNCHEN

HEYNE ALLGEMEINE REIHE
Nr. 01/9274

Titel der Originalausgabe
THE PAGEMASTER


Lizenz durch: EM-ENTERTAINMENT
Merchandising, Film und Fernseh GmbH,
München-Unterföhring

Printed in Germany 1995
Umschlag- und Innenillustrationen: Twentieth Century Fox
Umschlaggestaltung: Atelier Ingrid Schütz, München
Gesamtherstellung: Ebner Ulm

ISBN 3-453-08512-4

# Kapitel 1

Dunkle, gefährlich wirkende Sturmwolken überzogen den Nachthimmel, schoben sich zu immer schrecklicheren Formen und Gestalten zusammen - Piratenschiffen, Spukhäusern, Drachen.

*Kra-wumm!* Ein Donnerschlag explodierte.

*Krach!* Ein Blitz durchzuckte den aufgewühlten grauen Himmel.

»Hilfe!« Richard Tyler keuchte und setzte sich mit weitaufgerissenen Augen in seinem Bett auf. Sein Herz hämmerte, und kleine Schweißtropfen perlten ihm über die Stirn. Überall in seinem Zimmer bewegten sich - wie Fangarme einer gewaltigen Unterwasserbestie - die verhängnisvoll drohenden Schatten der Äste und Zweige des draußen vorm Fenster vom Sturm durchzausten Baums. Hastig setzte Richard sich seine Brille auf, griff nach der an seinem Bettpfosten befestigten Taschenlampe und knipste sie an.

Die Schatten verschwanden im Lichtstrahl der Taschenlampe augenblicklich. Weder Drachen noch Piraten waren in seinem Zimmer. Er hatte also wieder einmal nur schlecht geträumt.

*Kra-wumm! Krach!* Die Fenster seines Schlafzimmers leuchteten auf und schepperten unter einer neuerlichen tosenden Woge von Blitz und Donner.

Richard spürte, wie ihm eine Welle der Angst das Rückgrat hinunterlief, und sprang aus dem Bett. Es kümmerte ihn nicht im geringsten, daß dieses Haus den denkbar besten Blitzableiter besaß. Es kümmerte ihn auch nicht, daß er zehneinhalb Jahre alt war - *zu alt,* um aus Angst vor Blitz und Donner zu seinen Eltern ins Schlafzimmer zu rennen.

Mit wenigen Schritten erreichte er die Tür und stürzte aus dem Zimmer. Dann hastete er durch den dunklen Flur nach oben zum Schlafzimmer seiner Eltern. Sie hatten die Tür nur angelehnt und kein Licht an. Richard wollte gerade seine Hand heben, um anzuklopfen, als er von drinnen die Stimmen seiner Eltern hörte. Reglos blieb er stehen.

»Wie kannst du das nur sagen?« fragte sein Vater, Alan Tyler. »Du weißt doch, daß Richard kein normales Kind ist.«

Richard zuckte zusammen. Er fuhr sich mit der Hand durch sein buschiges blondes Haar und hörte weiter zu.

»Jeder Zehnjährige hat vor irgend etwas Angst«, erwiderte seine Mutter Claire in der Dunkelheit.

»Natürlich«, stellte sein Vater lakonisch fest. »Aber *Thunfisch*?«

Draußen im Flur hätte Richard um ein Haar etwas dazu gesagt, aber seine Eltern sollten nicht merken, daß er lauschte. Er schüttelte den Kopf. Er hatte keine Angst vor Thunfisch. Es war das Quecksilber, das im Fleisch mancher Thunfische gefunden wurde. *Das* machte ihm Sorgen.

»Die Welt ist im Augenblick ein sehr beängstigender Ort für Richard«, sagte Claire Tyler. »Ich glaube, wir sollten ein wenig hilfreicher sein.«

»Willst du damit andeuten, daß ich nicht hilfreich bin?« fragte Alan Tyler leicht gereizt. »Ich bin der hilfreichste Vater der Welt. Richard wollte nicht in der Kinderliga Baseball spielen, außer, wenn ich als Trainer mitmachte. Also machte ich mit und habe sie trainiert – aber dann fing er an, Statistiken anzuschleppen. Statistiken über Hirnverletzungen durch Treffer am Kopf mit Baseballbällen. Danach konnte ich keines der Kinder mehr dazu bringen, am Schlagmal zu spielen. Dann habe ich sie beim Fußball trainiert – und er hat medizinische Beweise dafür beigebracht, daß Schienbeinbrüche schlimme Venenentzündungen verursachen können. Alle Kinder – und zwar ohne Ausnahme – haben schließlich darum gebeten, einer anderen Gruppe zugeteilt zu werden.«

Ich habe lediglich meine Bürgerpflicht

getan, dachte Richard, der im Flur stand und sich fragte, warum seine Eltern das nicht verstehen konnten.

»Niemand möchte mit ihm in einer Gruppe sein«, sagte sein Vater im Schlafzimmer. »Sie haben alle Angst davor, was er wieder herausfinden wird.«

»Vielleicht drängst du ihn in die falsche Richtung«, erwiderte Claire Tyler. »Ich meine, nimm doch nur das Baumhaus.«

»Was ist denn damit nicht in Ordnung?« fuhr Richards Vater gereizt auf. »Jedes Kind möchte ein Baumhaus haben.« «

»Kein Kind, das Höhenangst hat«, sagte Richards Mutter.

Es stimmt nicht, daß ich Höhenangst habe, dachte Richard. Es liegt nur daran, daß so viele Verletzungen von Stürzen herrühren. Er hörte seinen Vater im Schlafzimmer seufzen.

»Ich möchte einfach nur ein guter Vater sein«, stellte Alan Tyler fest.

»Du bist ein guter Vater«, versicherte ihm Claire Tyler. »Vielleicht legst du dich einfach zu sehr ins Zeug. Versuch doch, die Dinge von Richards Standpunkt aus zu betrachten.«

»Wenn ich die Dinge von Richards Standpunkt aus betrachten würde, hätte ich solche Angst vor Unfällen, daß ich nie und nimmer mein Zimmer verlassen würde«, murmelte Alan Tyler resigniert.

Die Worte taten weh. Draußen im Flur

senkte Richard den Kopf und trottete still wieder zurück in sein eigenes Zimmer. Wenn er jetzt zu seinen Eltern ginge, würde er damit nur beweisen, daß sein Vater recht hatte. Aber in seinem Herzen wußte er, daß sein Vater sich irrte. Er kapierte einfach nicht, wie *gefährlich* die Welt in Wirklichkeit war.

*Klack! Klack! Klack!*

»Na komm schon, Mann! Schnapp 'n bißchen Luft!«

*Klack! Klack! Klack!*

»Das war Spitze! Echt!«

Am nächsten Morgen erwachte Richard von den Geräuschen einer lebensprühenden Vorstadtgegend. Er setzte seine Brille auf, trat ans Fenster und war überrascht zu sehen, daß der wilde Sturm der vergangenen Nacht so gut wie keinen Schaden angerichtet hatte, einmal abgesehen von ein paar abgebrochenen Zweigen, die auf der Straße lagen.

*Klack! Klack! Klack!* Ein Blick in den Garten hinterm Haus, und Richard wußte, daß das Klopfen von seinem Vater kam, der an dem Baumhaus in der großen Eiche herumhämmerte.

»Los! Los! Schneller, Junge!«

Das Geschrei kam von einer Horde Kinder, die auf ihren Rädern in vollem Tempo Auffahrten hinaufjagten und über Bordsteinkanten donnerten. Richard schüttelte versonnen den Kopf. Sie konnten von Glück sagen, wenn sie den Tag ohne ein gebrochenes Bein oder eine Schädelfraktur überstanden.

Richard ging zu seinem Kleiderschrank hinüber und nahm sich seine Sachen heraus. Nachdem er sich angezogen hatte, erinnerte er sich wieder an das Gespräch seiner Eltern, das er in der Nacht zuvor belauscht hatte. War er wirklich nicht normal, nur weil er sich der Gefahren bewußt war, die überall lauerten? Richard sah sich in seinem Zimmer um. Sein Blick glitt über den großen roten Feuerlöscher, die Fluchtleiter für den Notfall, die doppelt angebrachten Rauchdetektoren (für den Fall, daß einer nicht funktionierte), den großen Kasten mit der Aufschrift ›Erdbebenausrüstung‹ und das leuchtendrote Schild RAUCHEN VERBOTEN. Vielleicht war er vorsichtig... aber gewiß nicht anormal. Nein, das war er ganz bestimmt nicht.

Und doch machten die Worte seines Vaters ihm schwer zu schaffen. Kein Kind enttäuscht seinen Vater gern. Wenn er versuchte, so zu tun, als interessiere er sich für das Baumhaus, würde sein Vater vielleicht besser von ihm denken.

Kurze Zeit später öffnete Richard die Fliegengittertür der Küche und trat hinaus in den Garten. Es war ein kühler, sonniger Frühlingstag, und der Himmel war strahlend blau, abgesehen von einer dunklen Wolkenfront weit hinten im Westen. Holzspäne, Sägen und ein Hammer lagen im Gras unter der Eiche, in der sein Vater sich nun schon seit einer ganzen Weile zu schaffen machte.

*Klack! Klack! Klack!*

Richard ging mit äußerster Vorsicht über den Rasen und achtete dabei sorgfältig darauf, nicht auf irgendwelche Werkzeuge oder Nägel zu treten. Als er schließlich den Baum erreicht hatte, blickte er zu seinem Vater hinauf, der sich drei Meter über ihm befand und munter draufloshämmerte, um die letzten Nägel in den Fußboden des Baumhauses zu schlagen.

»Wie läuft es denn so, Dad?« fragte er.

Sein Vater blickte hinunter und machte ein überraschtes Gesicht. »He, Rich! Bist du hergekommen, um dir das Baumhaus anzusehen?«

Richard nickte zögernd. Ihm war nicht übermäßig wohl bei der ganzen Geschichte.

»Also, wie gefällt es dir?« fragte sein Vater.

»Hm, es sieht toll aus.« Richard zwang sich zu einem Lächeln. In Wahrheit wirkte das Ding geradezu furchterregend auf ihn. Tausenderlei, was einem da zustoßen konnte!

»Willst du mir helfen?«

»Hm, okay«, meinte Richard widerwillig.

»Gibst du mir diese Tüte mit Nägeln herauf?« Sein Vater zeigte auf eine braune Papiertüte, die im Gras lag. Richard hob sie auf, stellte sich auf die Zehenspitzen und versuchte, sie seinem Vater hinaufzureichen.

»Komm doch einfach die Leiter hoch«, sagte Alan Tyler und zeigte auf die Holzleiter.

Er hatte sie selbst aus Latten zusammengezimmert.

»Ich glaube, das lasse ich besser bleiben«, erwiderte Richard.

»Keine Angst, Rich, das Ding ist stabil wie ein Felsen.« Mr. Tyler stampfte mit dem Fuß auf den Boden des Baumhauses, um seine Behauptung zu beweisen.

»Hallo, Jungs. Was ist das für ein Gehämmer hier?« fragte Richards Mutter, die sich mittlerweile zu ihnen gesellt hatte. Gut gelaunt blickte sie von einem zum anderen.

»Ich habe Richard gerade gezeigt, wie sicher dieses Ding ist«, sagte Mr. Tyler. »Ich dachte, er sollte mal hier raufkommen und sich ansehen, was für einen schönen Blick man von oben hat.«

»Nun mach schon, Richard«, sagte Claire Tyler zu ihrem Sohn.

Richard hatte das Gefühl, in die Enge getrieben zu werden. »Dad, wußtest du, daß acht Prozent der Unfälle im Haushalt mit Leitern zu tun haben, und drei Prozent mit Bäumen? Das ergibt also eine Wahrscheinlichkeit von elf Prozent, daß irgend etwas Schlimmes passiert.«

Alan und Claire Tyler tauschten einen verzweifelten Blick. Richards Vater seufzte. »Ich versichere dir, daß nichts Schlimmes passieren wird, Rich.«

»Ich weiß, daß du das glaubst«, erwiderte Richard. »Aber du kannst nicht gegen die Statistik argumentieren.«

»Da hast du recht«, sagte Alan. »Ich kann es nicht, und ich will es nicht. Also gib mir einfach die Nägel, Sohn.«

Richard streckte ihm die Tüte entgegen, so hoch er nur konnte.

Sein Vater beugte sich herunter, um danach zu greifen. *Wums!* Schon hatte sein Vater sich zu weit vorgebeugt und war aus dem Baumhaus gefallen. *Bums!* Mr. Tyler schlug mit dem Gesicht zuerst auf der Wiese auf.

»Alan!« rief Claire Tyler.

»Dad, bist du okay?« fragte Richard aufgeregt und kniete sich neben ihn. »Soll ich einen Krankenwagen rufen?«

»Nein!« Alan Tyler setzte sich auf und spuckte ärgerlich einen Mundvoll Gras aus.

»Ich bin okay. Es hat letzte Nacht geregnet, und der Boden ist schön weich. Sicher verändert das die statistische Wahrscheinlichkeit einer Verletzung. Was meinst du?«

»Schon möglich.« Richard zuckte mit den Schultern.

Die Tüte mit den Nägeln war ebenfalls zu Boden gefallen, und ihr Inhalt hatte sich über die Wiese verteilt. Mr. Tyler hob einen der Nägel auf und gab ihn seinem Sohn. »Okay, Rich, du brauchst nicht in das Baumhaus hinaufzuklettern«, sagte er, »aber es wäre eine große Hilfe, wenn du mit dem Fahrrad zu Guttmans Eisenwarenhandlung fahren würdest, um mir noch ein paar von diesen Nägeln zu holen.«

Zu Guttman? Richard wich einen Schritt zurück und schüttelte voller Angst den Kopf. Mit seinem Rad irgendwo hinzufahren war das letzte, was ihm in den Sinn kam.

»Um Himmels willen, Richard«, fuhr sein Vater ungeduldig auf. »Es wird schon nichts passieren. Stell dich doch nicht so an.«

»Tu, was dein Vater dir sagt«, drängte auch Claire Tyler ihren Sohn mit leiser Stimme. »Mit dem Fahrrad sind es doch nur ein paar Minuten bis in die Stadt.«

»Das ist das *Wenigste*, was du tun kannst«, fügte Alan Tyler mit entschlossener Miene hinzu und reichte seinem Sohn eine Fünfdollarnote.

Richard sah ängstlich von einem zum anderen. Hatten die beiden denn keine Ahnung, daß sich die meisten Verkehrsunfälle in einer Entfernung von nur drei Häuserblocks von zu Hause ereigneten? Nun, er selbst wußte allerdings auch, daß sein Vater ihn gleich gehörig rüffeln würde, weil er alle Welt mit seinen Statistiken zur Verzweiflung trieb. Also mußte er es wohl oder übel riskieren und fahren.

# Kapitel 2

Richard schob sein Fahrrad aus der Garage. Er hatte seinen mit orangefarbenem Leuchtband umwickelten Fahrradhelm auf; den mit den beiden Zahnarztspiegeln an den Seiten, die als Rückspiegel dienten, so daß er beim Fahren auf keinen Fall seinen Kopf herumdrehen mußte. Seine gelb-weiße Jacke war ebenfalls mit orangefarbenem Leuchtband beklebt, und zwar auf dem Rücken, vorn und auf den Ärmeln.

Das unverwüstliche, für härteste Beanspruchung ausgelegte Mountainbike war mit rotweißen Plastikreflektoren ausgestattet und verfügte außerdem über eine lautstarke Klingel, einen Scheinwerfer und breite Schutzbleche. Richard umklammerte den Lenker, holte tief Luft, setzte das Gefährt die Auffahrt hinunter in Bewegung und bog dann auf die baumbestandene Straße ein. Er wagte gar nicht, daran zu denken, welche Gefahren dort auf ihn lauerten.

Gerade erst war er um die Ecke gebogen, als

er jemanden rufen hörte: »He, seht mal! Da kommt Richie Tyler!«

Richard hatte keine andere Wahl, als auf diese Gruppe von Kindern zuzufahren, die er am Morgen von seinem Fenster aus beobachtet hatte. Sie hatten sich aus großen Hohlbausteinen und Holzplatten eine Rampe gebaut und rasten nun mit ihren Fahrrädern darüber, um in voller Fahrt abzuheben und ›Luft zu schnappen‹, wie sie das nannten.

»He, seht mal, was der anhat!« rief eines der Kinder, als Richard auf sie zurollte.

»He, Richie!« schrie ein anderes. »Bist du auf dem Weg zum Mond?« Die Frage löste tosendes Gelächter aus.

Richard spürte, wie sein Gesicht vor Scham zu brennen begann. Unglücklicherweise war es für ihn nichts Ungewöhnliches, wenn sich die anderen über ihn lustig machten; doch er hatte vor langer Zeit beschlossen, lieber ausgelacht zu werden, als sich dazu drängen zu lassen, genau bei den Kunststückchen mitzumachen, die unvermeidlich zu ernsthaften Verletzungen führten. Schließlich kannte er die Statistiken.

»Lassen wir Richie doch auch mal ›Luft schnappen‹!« rief einer der Bengel.

Er und die anderen bildeten mit ihren quer über die Straße gestellten Fahrrädern eine Blockade. Die einzige Möglichkeit, durchzukommen, war die Fahrt über die Rampe.

Richard hielt an und stellte seine Füße auf den Bürgersteig.

»Na komm schon, du kannst es schaffen! Stell dich nicht so an!« schrien die Kinder. »Na los, mach schon, Richie!«

Auf keinen Fall, dachte Richard. Er wendete sein Fahrrad und fuhr so schnell er nur konnte in entgegengesetzter Richtung davon. Eher würde er auf einem Umweg in die Stadt fahren, als etwas so Gefährliches zu versuchen wie ›Luft schnappen‹.

Das Problem war allerdings, daß er den Umweg in die Stadt nicht genau kannte. Doch trat er wacker in die Pedale und betete, daß er sich nicht verirrte.

Schon bald fuhr er durch unbekannte Straßen, und vor lauter Angst, sich zu verirren, bemerkte er nicht, daß der Wind immer mehr auffrischte und daß die dunklen Wolken, die noch kurze Zeit zuvor weit entfernt gewesen waren, sich nun genau über ihm zusammenballten.

*Kra-wumm!* Der völlig unerwartete Donnerschlag hätte ihn um ein Haar vom Rad gefegt.

*Plitsch! Platsch! Plitsch! Platsch!* Plötzlich stürzten dicke Regentropfen vom Himmel und platschten überall um ihn herum laut auf. Richard war entsetzt. Da er wußte, daß sich die Wahrscheinlichkeit eines Unfalls bei schlechtem Wetter verdreifachte, begann er schneller zu fahren. Verzweifelt suchte er nach irgendeinem Platz, wo er sich unterstellen konnte. Das Wichtigste überhaupt war jetzt, von der Straße und von den Autos wegzukommen. Der Gedanke an eine Erkältung schien ihm im Augenblick weit weniger bedrohlich zu sein.

Richard sah einen Park vor sich und strampelte in verzweifelter Eile darauf zu. Bald konnte er von der Straße abbiegen und kam auf einen nassen, von Bäumen gesäumten Pfad. Der Regen war mittlerweile immer heftiger geworden und peitschte ihm ins Gesicht. Im stürmischen Wind wirbelten Blätter und von größeren Ästen abgeknickte Zweige um ihn herum. Noch nie war er bei einem solchen Unwetter draußen gewesen.

*Krach!* Ein gewaltiger Blitz durchzuckte den Himmel. Das war ja noch schlimmer als gestern nacht!

*Wumm!* Genau in diesem Augenblick krachte direkt vor ihm ein riesiger Ast zu Boden. Richard riß den Lenker herum, um nicht dagegenzufahren. Sein Rad machte einen unerwartet heftigen Schlenker.

*Boing!* Er war mit irgend etwas zusammengestoßen und flog kopfüber vom Fahrrad.

*Au!* Mit der Nase zuerst schlug Richard auf dem feuchten Boden auf. Sein Helm schien die größte Wucht des Schlages abgefangen zu haben. Mühsam setzte er sich auf, nahm den Helm ab und betastete seinen Kopf, um sicherzustellen, daß er nichts gebrochen hatte.

*Krach!* Wieder gabelte sich ein mächtiger Blitz am Himmel über ihm. In dem plötzlichen grellen Aufflackern sah Richard, daß einige der zusätzlichen Sicherheitsvorrichtungen, die an seinem Fahrrad angebracht waren, sich gelöst hatten. Er war gegen einen quadratischen Betonsockel gefahren; auf dem Sockel stand die Statue eines Mannes, der mit ausgestreckter Hand auf ein großes weißes Gebäude am Ende des Parks zeigte. Diese Gegend war Richard vollkommen fremd.

Ratlos sah er sich um. Was sollte er jetzt tun? Hätte er sich doch bloß nicht auf diese gefährliche Geschichte eingelassen!

*KRA-WUMM!* Der bisher lauteste Donnerschlag machte ihm klar, daß jetzt nicht die Zeit für langwierige Betrachtungen war. Richard entschloß sich, dem Fingerzeig der Statue zu folgen, sprang augenblicklich auf und begann, durch Regen und Wind auf das weiße Gebäude zuzulaufen. Er würde sich später um sein Fahrrad kümmern; im Augenblick brauchte er einzig und allein einen Platz, wo er sich unterstellen konnte.

Das gewaltige Gebäude vor ihm war aus weißen Steinen erbaut. Die Marmorsäulen der Vorderfront hatten die Größe hoher Bäume, und eine runde Kuppel erhob sich hoch über das Dach. Richard rannte die steinernen Stufen hinauf, vorbei an zwei riesigen Steinlöwen, die an beiden Seiten den Eingang bewachten.

Vielleicht ist es ein Zoo, dachte er, als er einen der großen hölzernen Türflügel aufzog und hineinging. Die Tür fiel hinter ihm ins Schloß, und plötzlich war es sehr still. Seine nassen Trainingsschuhe gluckstten bei jedem Schritt über den harten Steinfußboden. Richard blieb stehen und sah sich um. Es war zwar dunkel, aber er konnte gerade noch erkennen, daß er sich in einem gigantischen, höhlenartigen Raum befand.

*Quietsch!* Ihm gegenüber, auf der anderen Seite der Finsternis, öffnete sich eine Tür - ein schmaler Streifen Licht fiel auf den Boden.

*»Ehm... Ehmmm... Ehm.«* Der unheimliche, lange Schatten von irgend jemand oder von irgend *etwas,* vornübergebeugt und knorrig und grunzend, kam durch die Tür auf ihn zugetaumelt.

Ach du Scheiße! dachte Richard. Es mußte sich um irgendein schreckliches Monster handeln! Entsetzt blieb er stocksteif stehen und kniff die Augen fest zu. Die Begegnung mit schrecklichen Kreaturen war das, wovor er die *zweit*schlimmste Angst hatte - es gab nur eines, das noch entsetzlicher war: Erdbeben.

»Das ist ja ein ganz schönes Unwetter da draußen«, sagte eine Stimme.

Richard öffnete die Augen und entspannte sich ein wenig. Es war also doch kein Monster, sondern nur ein alter Mann mit zerzaustem weißen Haar, ein Mann, der einen zerknautschten, kastanienbraunen Pullover mit V-Ausschnitt und eine Fliege trug. Er legte den Bücherstapel, den er ins Zimmer getragen hatte, auf einen Tisch und knipste das Licht an.

Lange Reihen glitzernder Kronleuchter, die an dicken Ketten von der Decke herabhingen, begannen aufzuleuchten, und Richard sah, daß er sich in einem gigantischen Raum mit endlos langen Reihen hoher Bücherregale befand. Und alle Regale bogen sich unter der Last unendlich vieler Bücher!

»Willkommen in der Bücherei, junger Mann«, sagte der weißhaarige Mann, der nun langsam auf ihn zukam.

»Wer sind Sie?« erkundigte sich Richard vorsichtig.

»Wie kannst du das fragen? Ich bin natürlich der Bibliothekar«, erwiderte der alte Mann mit einem Lächeln. »Mein Name ist Dewey. Aber sag mir nichts; ich weiß genau, wenn jemand wegen eines ganz besonderen Buches hierherkommt. Hm. Einen Augenblick ...«

»Nun, was ich brauche, ist eigentlich ...« Richard wollte gerade sagen, daß er ein Telefon brauchte, um zu Hause anzurufen, aber Mr. Dewey hob die Hände, um ihn zu unterbrechen.

»Nein, nein, laß mich raten. Ich habe die Begabung, zu erraten, was genau die Leute hier suchen.« Der alte Bibliothekar zupfte an seinem kurzen weißen Bart. »Hm, ja ... du suchst nach einem ... Fantasy-Roman! Tapfere Ritter, verzauberte Feen, wilde Drachen, eine Maid in Nöten ... diese Art von Buch. Ja, ja, genau das ist es, wonach du suchst. Ich weiß es immer, was die Leute wollen.«

»Nun, das ist es eigentlich nicht«, stammelte Richard. »Das einzige, was ich wirklich brauche, ist ...«

»Abenteuer!« beendete Mr. Dewey den Satz für ihn. »Du bist ein Junge, der das Abenteuer liebt. Das mußt du auch sein, wenn du einem solchen Unwetter wie diesem die Stirn geboten hast. O ja, üble Schurken, vergrabene Schätze und halsabschneiderische Piraten.« Der alte Mann fuhr sich mit einer dramatischen Geste mit der Handkante über die Kehle. Richard fragte sich, ob er in einer Bücherei oder in einer Irrenanstalt gelandet war. »Es tut mir leid, aber das ist es auch nicht«, sagte er, ein wenig hilflos.

Draußen zuckte ein Blitz, und der alte Mann schob sein Gesicht näher an das von Richard. Dann zwinkerte er ihm freundlich zu. »Also ist es Horror. Du willst Horror! Ich wußte es doch gleich! Schreckliche Dämonen, grausame Monster, Spukhäuser, *Friedhöfe* ...

Richard machte einen Schritt zurück und spürte, wie sein Herz voller Angst zu rasen begann. Monster und Friedhöfe? Jetzt wußte er ganz sicher, daß der Sturm ihn in eine Irrenanstalt geweht hatte.

»Ja, Horror für dich, mein Junge«, sagte Mr. Dewey nun mit einem zufriedenen Lächeln. »Irrtum ausgeschlossen. Deinen Bibliotheksausweis, bitte.«

Richard sah sich gehetzt nach einem Fluchtweg um. Da er jedoch nirgends einen entdecken konnte, erschien es ihm am besten, auf das Spiel dieses Verrückten einzugehen.

»Ich ... ich habe keinen«, erwiderte er nervös.

Der alte Mann sah ihn überrascht an. Dann lächelte er und schnippste wie ein Zauberer mit den Fingern. Ein Bibliotheksausweis erschien zwischen seinen Fingern, und der alte Mann reichte ihn an Richard weiter.

»Jetzt hast du einen«, sagte Mr. Dewey und hielt ihm auch noch einen Stift hin. »Du mußt nur unterschreiben. Der Familienname zuerst.«

Richard unterschrieb den Ausweis.

Mr. Dewey warf einen kurzen Blick darauf. Richard Tyler, las er. »Nun, Mr. Tyler, dieser Ausweis ist Ihr Paß in die wundervolle, in die nicht auszulotende, unermeßliche Welt der Bücher.«

»Aber ...«, wandte Richard ein.

»Aber was?« fragte Mr. Dewey.

»Ich bin nicht hergekommen, um mir irgendwelche Bücher auszuleihen«, konnte Richard endlich erklären. »Ich bin nur hier, weil ich vor dem Sturm Angst hatte. Sonst nichts, wirklich.«

»Du meinst, du brauchst keine ...?« Die buschigen Augenbrauen des Bibliothekars hoben sich, um sogleich enttäuscht wieder herabzusinken. »Oh, ich verstehe.«

»Gibt es hier ein Telefon, das ich benutzen könnte, um meine Eltern anzurufen?« fragte Richard.

Mr. Dewey seufzte traurig und wies dann mit der Hand auf das Labyrinth aus endlosen Bücherreihen. »Dort entlang. Geh immer in nordöstliche Richtung, bis du zur Rotunde kommst. Von da aus mußt du nach Westen, durch die Romanabteilung hindurch. Dort findest du dann das Telefon.«

Richard betrachtete skeptisch die langen Bücherwände und zögerte. Der Gang schien sich ins Unendliche zu erstrecken. Die Sache war ihm nicht ganz geheuer.

»Hab keine Angst, Junge«, sagte der alte Bibliothekar und wies auf ein Schild über der hohen Eichentür, durch die Richard hereingekommen war. In leuchtend grünen Buchstaben stand dort zu lesen: AUSGANG. »Wenn du dich verirrst, geh einfach wieder zurück zum Schild ›Ausgang‹. Dann kann dir nichts passieren.«

Richard blickte zu dem Schild empor und fühlte sich schon ein klein wenig besser. Selbst wenn er sich verirren sollte, würde er wenigstens wieder hier herausfinden. Das nahm er jedenfalls an.

»Nun ja, danke«, sagte er ein wenig töricht.

Mr. Dewey sah ihn schweigend an, dann nickte er noch einmal. Er war offensichtlich enttäuscht darüber, daß Richard keine Bücher wollte. Richard drehte sich um und machte vorsichtig den ersten Schritt.

Immer darauf bedacht, das grüne AUSGANG-Schild nicht aus den Augen zu verlieren, ging

Richard den langen, von hohen Bücherregalen gesäumten Gang hinunter. Es roch ein wenig muffig, so als hätte schon seit langer Zeit niemand mehr ein Fenster geöffnet, und einige der Bücherregale waren von einer feinen, silbrigen Staubschicht überzogen. Schon bald kam er an das Ende des Gangs und fand sich in einem hohen, kreisförmigen Raum wieder. Wie die Speichen eines gigantischen Rades liefen hier alle Gänge der Bibliothek zusammen.

Das muß die Rotunde sein, dachte er.

*Krach!* Im Fenster über ihm zuckte ein Blitz auf. Starr vor Staunen blieb er erst einmal stehen.

»Wow!« Richards Augen weiteten sich. Er stand unter der gewaltigen Kuppel, die er bereits von draußen gesehen hatte. Diese Kuppel war mit einem gigantischen Deckengemälde ausgemalt, das Piraten, Segelschiffe, weiße Wale, feuerschnaubende Drachen, Schlösser und Feen zeigte. Im Zentrum des Gemäldes prangte das Porträt eines alten Mannes mit einem langen weißen Bart und einer fließenden, rot-goldenen Robe, die mit Buchseiten bedeckt war. Der Mann hielt einen hölzernen Stab in der einen Hand und ein großes rotes Buch in der anderen. Für Richard sah er aus wie ein weiser Mann aus lange vergangenen Zeiten. Das ganze Gemälde strahlte eine ungewöhnliche und beeindruckende Lebendigkeit aus.

*Kra-wumm!* Ein gewaltiger Donnerschlag rüttelte an den Fenstern und den Bücherregalen. Richard trat erschrocken einen Schritt zurück.

»Huch!« Seine nassen Trainingsschuhe rutschten unter ihm weg, und er verlor das Gleichgewicht.

*Boing!* Er fiel hintenüber und schlug mit dem Kopf auf dem harten Steinfußboden auf. Dann ... wurde alles um ihn herum schwarz.

# Kapitel 3

Richard öffnete die Augen. Er lag rücklings auf dem kalten, harten Boden. Die Rotunde war dunkel. Na großartig, dachte er, während er sich langsam aufrichtete. Es mußte einen Stromausfall gegeben haben, und da war er nun, allein in einem fremden Haus, und ohne seine Taschenlampe. Daß so etwas ausgerechnet ihm passieren mußte!

*Tropf... tropf... plopp... plopp...* Ein tropfendes Geräusch von irgendwoher ließ Richard aufhorchen. Er sah sich um. Vielleicht ein Loch im Dach? In der Ferne leuchtete wieder ein Blitz - und plötzlich weiteten sich Richards Augen in ungläubigem Staunen. War es nur seine Fantasie, oder begannen die Gestalten in dem Gemälde an der Decke tatsächlich langsam zu schmelzen?

*Platsch!* Ein Tropfen platschte auf seine Hand, und Richard wischte sie hastig an seiner Jacke ab. Dann sah er wieder nach oben und bemerkte, daß die schmelzenden Figuren nun in einem Strudel flüssiger Farben die Wände herunterrauschten! Er traute seinen Augen nicht. Was war da los? Die ganze Geschichte war aber auch zu seltsam! Ja, um genau zu sein, langsam wurde es richtig unheimlich. Es war eindeutig Zeit zu gehen. Richard sah sich um, aber das leuchtendgrüne AUSGANG-Schild war nirgendwo zu sehen. Einer der Gänge führte bestimmt nach draußen, aber für ihn sahen sie alle gleich aus. Schließlich suchte er sich aufs Geratewohl einen aus und begann, an den Bücherregalen entlangzugehen - aber er kam nicht weit. Die farbenprächtige Flüssigkeit hatte mittlerweile den Fußboden erreicht und plätscherte in kleinen Wellen langsam auf ihn zu!

*Ach du Scheiße!* Richard trat wieder den Rückzug in die Mitte der Rotunde an und suchte mit den Augen die anderen Gänge ab, aber die Farbenwogen kamen aus allen Richtungen auf ihn zu. Es war nur noch eine Frage von Sekunden, dann hatten sie ihn erreicht, und er sah keine Möglichkeit, zu entkommen! Die Situation war zum Verzweifeln.

*»Neiiiin!«* schrie er und bedeckte sein Gesicht mit den Händen.

Dann wartete er einen Augenblick lang darauf, daß irgend etwas passieren würde, aber es geschah nichts. Langsam nahm Richard die Hände wieder vom Gesicht... aber - o Gott - es waren plötzlich nicht mehr seine Hände. Es waren die Hände einer Zeichnung oder eines

Cartoons! Richard starrte sie mit entsetztem Staunen an.

Irgend etwas sehr Seltsames war hier im Gange!

»Ich bin ... ich bin ein Cartoon«, flüsterte er voller Verblüffung.

»Du bist eine Illustration«, korrigierte ihn eine tiefe Stimme mit einigem Nachdruck.

Richard wirbelte herum. Nein, das war unmöglich! Hinter ihm stand der bärtige alte Mann aus dem Wandgemälde. Richard preßte sich gegen ein Bücherregal. Das war *verrückt!* Einfach *verrückt!*

»Wer ... wer sind Sie?« stieß er hervor.

»Ich bin der *Herr der Worte*«, sagte der alte Mann, »Hüter der Bücher und Bewahrer des geschriebenen Wortes.«

»Sie sind der Bursche von da oben!« Richard zeigte auf die Kuppel über sich, die nun vollkommen weiß und leer war. Warte mal, dachte er und wandte sich wieder an den *Herrn der Worte*. Wenn dieser Bursche hier unten ist, heißt das dann, daß der Wal und der Drache und all die anderen Kreaturen auch hier sind? Nicht auszudenken!

»Wo sind die anderen, die mit Ihnen da oben waren?« fragte Richard mit zitternder Stimme.

»Die sind natürlich auch hier - überall um uns herum.« Der *Herr der Worte* gestikulierte mit seinem langen hölzernen Stab. Ein magischer Lichtwirbel schien von den Enden seines Stabes auszugehen und beleuchtete die Bücherregale, die um sie herumstanden.

Richard sah sich um, konnte aber nichts entdecken. Er wußte nicht, ob er dem *Herrn der Worte* Glauben schenken sollte oder nicht - aber das letzte, was er wollte, war eine Begegnung mit einem Piraten oder einem Drachen. Und er wollte auch kein Cartoon sein.

Aber am allerwenigsten wollte er auch nur eine einzige Sekunde länger als notwendig in diesem verrückten Haus hier bleiben. Er wollte weg, und zwar auf der Stelle. Suchend sah er sich um; dann wandte er sich wieder an den alten Mann.

»Sehen Sie, ich bin wirklich froh, daß Sie alle hier sind, aber ich muß jetzt leider gehen«, stieß er nervös hervor. »Vielleicht könnten Sie mir zeigen, wie ich hier herauskomme?«

»Ist es das, was du wirklich willst?« erwiderte der *Herr der Worte.*

Richard nickte. Es war das, was er im Augenblick mehr als irgend etwas anderes auf der Welt wollte - da gab es überhaupt keinen Zweifel.

»Wunderbar«, sagte der *Herr der Worte* mit einem Lächeln. Dann drehte er sich um und ging einen der Gänge entlang.

»Folge mir.«

»Sind Sie sicher, daß dieser Weg wirklich nach draußen führt?« erkundigte sich Richard vorsichtig. Für ihn sahen alle Gänge gleich aus, und wie konnte man so einem alten Burschen in einer so merkwürdigen Robe trauen, der gerade erst von der Decke weggeschmolzen war?

Der *Herr der Worte* blieb stehen und drehte sich wieder zu ihm um. »Dies ist der *einzige* Weg nach draußen«, sagte er mit plötzlichem Ernst. Dann zeigte er mit seinem hölzernen Stab auf ein Schild, ROMANE A–Z, das über einer der vielen Abteilungen der Bibliothek hing.

»Romane – A bis Z?« las Richard verwundert.

»Romane von A bis Z! Und hier ist alles möglich!« Die Stimme des *Herrn der Worte* dröhnte durch das ganze Gebäude. Er hob die Arme, und die goldumrandeten Seiten seines Umhangs schimmerten wie ein Wasserfall im Mondlicht. »Hier kann die Fantasie eines Jungen Wurzeln schlagen und sich zu unglaublichen Höhen aufschwingen!«

Vor Richards erstaunten Augen schnippste der *Herr der Worte* mit den Fingern, und auf magische Weise erschien eine Seite aus einem Buch in seiner Hand. Er warf die Seite in einen der Gänge, wo sie im Nichts zu verschwinden schien.

*Bum! Bum! BUM!* Plötzlich hallten wuchtige Schritte durch den Gang. Richard blickte auf und spürte, wie alle Luft aus seinen Lungen wich. Nein, das konnte nicht sein! Es war einfach unmöglich! dachte er mit zitterndem Entsetzen, als ein gewaltiger Riese in Tierfellen und Sandalen auf sie zukam.

Hastig versteckte Richard sich hinter der Robe des *Herrn der Worte* und machte sich dort möglichst klein, geplagt von der Gewißheit, daß sie beide in Kürze zertreten oder aufgefressen würden. Aber der Riese stampfte an ihnen vorbei und einen anderen Gang hinunter, wo er schließlich einfach verschwand.

Richards Herz klopfte so heftig und so ängstlich, daß er fürchtete, es würde zerspringen.

»Hier kann die Furcht eines Jungen manchmal auch die Straße sein, die zu Selbstvertrauen führt!« rief der *Herr der Worte* und zog eine weitere Seite hervor.

*Knippediknapp! Knippediknapp!* Bevor Richard noch so recht wußte, wie ihm geschah, kam etwas geradezu Unglaubliches auf ihn zugaloppiert. Ein kopfloser Reiter! Richard preßte sich mit dem Rücken gegen ein Bücherregal, als das Pferd mit seinem kopflosen Herren vorbeistürmte.

»Der Mut eines Jungen ist der Wind, der ihn zu neuen Entdeckungen treibt!« rief der *Herr der Worte.* Richard wollte ihn gerade bitten, doch um Himmels willen nicht noch mehr Seiten hervorzuholen, aber es war schon zu spät. Der *Herr der Worte* hatte bereits wieder eine Seite herbeigezaubert, und ein plötzlicher Windstoß blies durch den Gang.

*Dong! Dong! Dong!* Richard hörte den Klang einer Trommel. Was war das nun wieder? Ein

*Dieses Bild zeigt Richard Tyler (Macaulay Culkin) mit seinen liebevollen Eltern (Mel Harris, Ed Begley), die immer wieder versuchen, ihren 10jährigen Sohn von seinen vielen Ängsten zu befreien.*

*Richard ist wegen seiner vielen Ängste zum Gespött der anderen Kinder geworden. Aufgrund seiner Furcht vor Verkehrsunfällen hat er sein Fahrrad und sich selbst mit allen nur möglichen Schutz- und Sicherheitsvorkehrungen ausgestattet.*

*Ein Gewitter reißt Richard eines Nachts aus dem Schlaf. Die Dunkelheit und der Donner machen ihm Angst. Mit dem Licht der Taschenlampe erforscht er vorsichtig sein Zimmer.*

*Auf einem Fahrradausflug gerät der Junge in ein gewaltiges Unwetter. In einer alten Bücherei sucht er Zuflucht vor dem starken Regen. Dieser so unbedeutend erscheinende Vorfall ist der Beginn einer spannenden Reise.*

Stamm wilder Eingeborener? Eine Armee im Anmarsch?

*Quietsch!* Bei diesem neuen Geräusch blickte Richard auf – und traute seinen Augen nicht. Ein riesiges Wikingerschiff mit einem geschnitztem hölzernen Drachen am Bug und einem gewaltigen, orange-weiß gestreiften Segel fuhr direkt auf ihn zu!

Richard sprang zur Seite, und das Schiff segelte vorbei. Das war knapp!

Bevor der *Herr der Worte* noch weitere Seiten hervorziehen konnte, stellte Richard sich vor den alten Mann hin und hob die Hände. »Okay! Aufhören!« schrie er. »Hören Sie endlich mit diesem Unfug auf!«

Der *Herr der Worte* bedachte ihn mit einem finsteren Blick.

»Sehen Sie«, begann Richard mit zitternder Stimme, »Sie haben hier wirklich eine großartige Show abgezogen, und ich weiß das ganz bestimmt zu schätzen. Ich meine, haben Sie jemals daran gedacht, zum Fernsehen zu gehen? Das wäre bestimmt was für Sie. Oder vielleicht Las Vegas? Solche Sachen kommen da unheimlich gut an. Aber, ehem, gerade jetzt fangen meine Eltern wahrscheinlich an, sich zu fragen, was mir zugestoßen sein könnte. Ich muß wirklich nach Hause. Können wir nicht vielleicht aufhören?«

»Doch«, erwiderte der *Herr der Worte.* »Und genau hier beginnt deine Reise!«

Das hörte sich in Richards Ohren überhaupt

nicht gut an, aber bevor er noch etwas in der Art sagen konnte, schwenkte der *Herr der Worte* auch schon seinen Stab.

»Wa ...?« Irgend etwas traf Richard von hinten, so daß er der Länge nach hinschlug. Unversehens fand er sich auf einem metallenen Bücherwagen wieder, der den Gang hinunterrollte und sich vom *Herrn der Worte* immer weiter entfernte.

»Viel Glück und gute Reise, Junge!« rief der alte Mann ihm noch nach, während der Wagen immer schneller rollte und Richard sich in Todesangst daran festklammerte. »Und denk daran, *im Zweifelsfall halte dich an die Bücher!*«

*»Ahhhhh!«* Richard schrie aus Leibeskräften und klammerte sich an den Bücherwagen, der immer weiterrollte.

# Kapitel 4

Der Bücherwagen sauste durch die Gänge der Romanabteilung, und während die endlosen Reihen von Büchern wie in einem Nebel an ihm vorüberrauschten, konnte Richard die merkwürdigsten Geräusche hören – eine Mischung aus Wind, flatternden Seiten und stimmen: *»Es war einmal...« »Vor langer Zeit in einem fernen Land...« »Nennt mich Ishmael...«* Für Richard hörten sich diese Sätze so an, als kämen sie aus irgendwelchen Büchern. Aber wer hatte sie gesprochen?

*BAMM!* Der Wagen stieß irgendwo an. Richard flog kopfüber in einen Stapel Bücher, die auf dem Fußboden lagen.

»Hm?« Als er aus der Benommenheit, die ihn einen Augenblick gelähmt hatte, wieder auftauchte, stellte er fest, daß er gegen eine hölzerne Telefonkabine gefahren war. Der Hörer war heruntergefallen und schwang nun vor und zurück, direkt über seinem Kopf. Richard griff hinauf und preßte ihn an sein Ohr. Das war die Rettung!

*»Wegen des Unwetters sind alle Leitungen vorübergehend unterbrochen«*, sagte eine Tonbandstimme. *»Bitte versuchen Sie es später noch einmal.«*

»Na, wunderbar«, murmelte Richard enttäuscht. Er ließ den Telefonhörer los. »Und was jetzt?« Ratlos sah er sich um.

*Rummmpel...* Der Bücherstapel unter ihm begann zu zittern und zu beben.

»Hilfe!« schrie Richard, als ein Miniatursäbel von unten mitten durch die Bücher gestoßen wurde, nur um Haaresbreite an seinem Bein vorbei.

Plötzlich schob sich ein Buch durch die Landeren hindurch. Es war braun, trug ein großes, gelb-grünes Kopftuch - *und es hatte ein Gesicht!* Richard taumelte sprachlos zurück. Das Menschenbuch trug einen langen rötlichen Schnurrbart unter der Nase und hatte eine Augenklappe! Es kam auf einem Holzbein dahergestampft, und eine seiner Hände war nichts anderes als ein Haken. Auf seinem Deckel stand in goldenen Lettern das Wort *Abenteuer.*

»Wo ist dieser neunmal verfluchte Mistkerl, der mir den Wind aus den Segeln genommen hat?« rief das Buch und schwang seinen Säbel. »Wo ist er? Na los, zack, zack!«

Seit wann konnten Bücher reden? Seit wann trugen sie Kopftücher und Säbel? Richard wich stumm vor Entsetzen ein paar Schritte zurück.

»Juhu!« *Abenteuer* drehte sich um und

richtete seinen Säbel auf Richard. »Da ist also die verdammte Landratte, die mir meinen Deckel zerkratzt hat, und das, ohne sich dafür zu entschuldigen. Ich hätte gute Lust, dir die Zunge rauszuschneiden und sie als Lesezeichen zu verwenden!«

Richard schloß die Augen und zitterte. »Ich träume«, sagte er zu sich selbst. »Ich *muß* einfach träumen!«

»Es ist kein Traum, nee, mein Junge«, schnaubte *Abenteuer* und piekste Richard mit seinem Säbel. »Bist du ein Roman oder ein Sachbuch?«

»Ich ... ich bin ... Richard Tyler«, stammelte Richard ängstlich. Er konnte es nicht glauben, daß er sich mit einem Buch unterhielt! Zuerst waren es Wandgemälde gewesen, die von der Decke herabrannen und plötzlich lebendig wurden. Und jetzt auch noch sprechende Bücher! Was mochte als nächstes kommen? Hier schien nichts unmöglich zu sein.

»Was für ein Buch bist du denn?« wollte *Abenteuer* wissen.

»Ich ... ich bin ... gar k-kein Buch«, erwiderte Richard mit zitternder Stimme.

»Hast du irgendwelche Beweise?«

»Beweise?« Richard dachte schnell nach und stöberte in seiner Hosentasche. Irgendwo hatte er doch diesen Bibliotheksausweis. »Hier ... hier steht mein Name.«

*Abenteuer* hob seine Augenklappe hoch, um den Ausweis mit beiden Augen zu betrachten.

»Ich brauche diese Augenklappe eigentlich gar nicht«, brummelte er. »Aber kein Pirat, der etwas auf sich hält, würde sich jemals ohne eine erwischen lassen. Egal, ob tot oder lebendig. Hmmmm ...«

Das Piratenbuch betrachtete argwöhnisch den Ausweis und rieb sich das Kinn. Seine Augenbrauen hoben sich, und er lächelte, wobei er eine krumme Reihe abgebrochener Zähne entblößte. »Ich muß dich wohl um Entschuldigung bitten, Jungchen. Konnte ja nicht wissen, daß du ein Kunde bist.«

»Sieh mal, ich möchte einfach nur hier raus«, sagte Richard und ging dabei immer noch langsam rückwärts.

»Natürlich willst du das, Maatje«, erwiderte *Abenteuer,* »das wollen wir doch alle.«

»Nun, hast du vielleicht das Ausgangsschild gesehen?« fragte Richard.

»Du meinst dieses verdammte Ding da oben am Himmel?« erwiderte *Abenteuer* nachdenklich. »Klar habe ich es gesehen.«

»Nun, was ist damit passiert?« erkundigte sich Richard vorsichtig.

»Das ist etwas, darüber sollten wir beide uns mal unterhalten, Maat«, sagte das Piratenbuch, »denn schließlich kenne ich die Gewässer ringsum wie meine Westentasche. Vielleicht finden wir den Ausgang, wenn wir uns zusammentun.«

»Ehem, danke«, erwiderte Richard, »aber wenn du mir einfach zeigst, in welche Richtung ich gehen muß, dann werde ich wohl allein hinfinden.«

Es war nicht so, daß Richard unfreundlich sein wollte, aber er traute Büchern, die Säbel bei sich trugen, grundsätzlich nicht über den Weg.

»Es wird nicht leicht werden, Maatje«, warnte ihn *Abenteuer.* »Das hier ist eine Bücherei. Da gibt es jede Menge Überraschungen.«

Wie dich zum Beispiel, dachte Richard und machte wieder ein paar Schritte rückwärts.

*»Hu-ups.«* Da er nicht aufgepaßt hatte, wo er hintrat, war er unversehens in ein Loch gestürzt, das sich auf magische Weise im Fußboden der Bücherei geöffnet hatte.

*»Ahhhhh!«* Er fiel eine Art Schacht hinunter.

*»Uff!«* Irgend etwas hatte seinen Fall gebremst. Es ... es war ein alter Schiffsanker, der von einer Kette herabhing.

*Schnapp!* Ein riesiges Krokodil schnellte aus dem Wasser unter ihm am Grund des Schachtes und versuchte, ihn zu erwischen. Voller Entsetzen klammerte Richard sich an den Anker. Das Krokodil sperrte noch einmal sein Maul auf. Richard traute seinen Augen nicht. Im Maul des Krokodils lag ein Wecker!

He, einen Augenblick mal! Irgend etwas an diesem Ding kam ihm bekannt vor. Aber bevor er noch recht wußte, wie ihm geschah, begann der Anker sich zu heben. Richard blickte hinauf und sah, daß *Abenteuer* an der Ankerkette zog. Langsam entfernte Richard sich von dem immer noch weit aufgesperrten Maul des Krokodils.

Es dauerte nicht lange, da kletterte der Junge aus dem Loch heraus und brach auf dem Fußboden der Bücherei zusammen. All diese verrückten Erfahrungen hatten ihn für den Augenblick vollkommen erschöpft.

*Abenteuer* stand ganz in seiner Nähe. »Siehst du, was ich meine?« fragte das Buch.

»Da ... da war einen Augenblick vorher noch gar kein Loch«, murmelte Richard verwundert. Die Sache wurde immer unheimlicher.

»Das ist eine Bücherei, Maat«, erinnerte *Abenteuer* ihn. »Nicht alles ist so, wie es scheint.«

»Hier ist es ja richtig gefährlich!« keuchte Richard. »Hast du nicht gesagt, du wüßtest, wie wir hier herauskommen?«

»Klar doch, Maatje.« *Abenteuer* drehte sich um und begann, den Gang hinunterzulaufen, wobei er mit seinem Holzbein humpelnd aufstieß. Richard rappelte sich mühsam auf und folgte ihm. »Ich wäre überglücklich, dich hier herauszulotsen. Aber es gibt eine winzige Kleinigkeit, die ich dafür von dir erbitten möchte.«

»Und was wäre das?« fragte Richard hinter ihm. Es schien ihm auf jeden Fall geraten, Vorsicht walten zu lassen.

»Nun, ich fürchte, ich habe in dieser Bücherei schon länger auf dem Trockenen gesessen, als mir lieb ist«, sagte *Abenteuer.* »Ich brauche frische Luft in meinen Lungen, einen kühlen

Wind, der mir über die Wangen streicht und die gute Mutter Erde unter meinen Füßen... ehem, unter meinem Fuß. Wie ich die Dinge sehe, bist du mit deinem Büchereiausweis meine Fahrkarte in die Freiheit. Ist das ein Geschäft, Maat?«

»Ehem, na klar.« Richard hätte so gut wie allem zugestimmt, wenn es nur sicherstellte, daß er endlich aus diesem Haus herauskam. Er hatte wirklich mehr als genug.

»Das ist der richtige Kampfgeist, Junge!« rief *Abenteuer*. »Wir werden Gefahren gemeinsam bestehen und auf üppigen grünen Tropeninseln, wo die warmen Winde wehen, nach vergrabenen Schätzen suchen.«

»Aber ich habe Allergien«, protestierte Richard.

»Dann werden wir exotische Häfen mit schmutzigen, hinterhältigen Schurken anlaufen, wo wir mehr Kämpfe auszufechten haben, als du dir vorstellen kannst«, fuhr *Abenteuer* unbekümmert fort.

»Kämpfe?« Richard biß sich auf die Lippe.

»Denk doch nur, wie schön wir's dann haben, Junge!« rief *Abenteuer* jubilierend. »Du mußt dir nie wieder die Haare kämmen oder die Zähne putzen!«

»Hört sich unhygienisch an«, erwiderte Richard.

»Jawollja!« *Abenteuer* nickte zustimmend und blieb neben einer Leiter stehen.

Richard hatte das Gefühl, daß das Buch ihr

Abkommen vollkommen vergessen hatte. »Erinnerst du dich noch an die Sache mit dem Ausgang? Findest du ihn bald?«

»Aye-aye, Maatje!« rief *Abenteuer*. »Aber laß uns erst mal diesen Mast erklimmen und die Lage peilen.«

»Mast?« Das einzige, was Richard sehen konnte, war eine Leiter. »Ehem, tut mir leid, aber ich habe da so ein klitzekleines Problem mit Höhenangst.«

*Abenteuer* sah den Jungen einen Augenblick lang prüfend an, dann zog er ein Buch aus einem der Regale. Richard konnte mit einem flüchtigen Blick den Titel lesen: *Zwanzigtausend Meilen unter dem Meer. Abenteuer* öffnete das Buch und ließ es auf den Boden fallen. Plötzlich strömten Salzwasser, Meeresalgen und Fische aus den offenen Seiten des Buches heraus. Und dann streckten sich die langen, grünen Fangarme eines gigantischen Tintenfisches nach ihnen aus!

*»Hiilfeeee!«* Richard schrie laut auf und stürmte die Leiter hinauf, immer hinter *Abenteuer* her, der schon oben angekommen war und auf ein Bücherregal stieg.

Richard hatte nun ebenfalls das Ende der Leiter erreicht und klammerte sich daran fest. »Weshalb hast du das gemacht?« fragte er in heller Panik. »Du wolltest mir doch helfen!«

»Aber ich helfe dir doch«, sagte *Abenteuer* von der Höhe seines Bücherregales aus, während er sein Holzbein abnahm und es zu einem langen Messingfernglas auszog. »Ich helfe dir, den Ausgang zu finden.«

Richard, der sich immer noch an der Leiter festhielt, blickte zwinkernd in die Ferne, aber über den Bücherregalen war ein Nebel aufgekommen, der ihnen die Sicht erschwerte. Dann hob sich der Nebel plötzlich wieder, und Richard stellte fest, daß sich ihm ein erstaunlicher Ausblick bot. Hoch über den Bücherregalen gab es große, viermastige Segelschiffe, gewaltige Wale, Paläste und alte Spukhäuser, Dinosaurier und Vulkane, Schlangen und fliegende Teppiche. Und dort, in den Nebelschwaden, in weiter Ferne hinter allem anderen, glaubte Richard ein schwaches, hellgrünes Glühen zu erkennen.

»Sieh mal!« rief er, während er gleichzeitig *Abenteuer* das Fernglas aus der Hand riß, um hindurchzuspähen. »Ich kann es sehen! Ich sehe den Ausgang! Wow!«

Die Leiter begann zu zittern. Richard blickte hinunter und sah einen langen grünen Fangarm, der sich in seine Richtung reckte. Dieses Riesending aus der Tiefe hätte er um ein Haar vergessen.

»Da ist der Tintenfisch, Junge!« schrie *Abenteuer* und sprang quer über den Gang hinweg auf ein anderes Bücherregal. »Folge mir!«

»Ich kann nicht! Es ist zu gefährlich!« rief Richard, der sich bebend vor Angst auf die allerletzte Sprosse der Leiter verzogen hatte.

»Spring, oder du wirst eine schmackhafte Mahlzeit für einen riesigen Oktopus abgeben!« warnte *Abenteuer* ihn.

Richard schlug das Herz bis zum Hals. Die grünen Fangarme kamen immer näher! Unter ihnen konnte er das gewaltige Auge des Tintenfisches sehen.

*»Ahhhhh!«* Ein Schrei löste sich aus Richards Kehle, als die Leiter langsam nach hinten kippte.

*Krach!* Er wurde mit dem Gesicht gegen ein Bücherregal geschleudert! In dem verzweifelten Versuch, sich irgendwo festzuhalten, griff Richard wahllos nach den Büchern, aber sobald er eines erwischt hatte, fiel es auch schon vom Regal herunter.

*»Oh, neeeiiiin!«* Während er noch das letzte Buch fest an sich preßte, begann er zu fallen. Er kniff die Augen zu und wartete darauf, auf dem Boden unten aufzuschlagen und von dem gewaltigen Tintenfisch aufgefressen zu werden.

Aber er fiel nicht. Richard öffnete die Augen und stellte fest, daß er langsam nach unten schwebte. Was in aller Welt...?

»Könntest du mir bitte mal sagen, was du dir dabei gedacht hast, einfach so nach mir zu grabschen?« fragte eine empörte Stimme. Voller Überraschung blickte Richard auf das Buch in seinen Händen. Es war purpurn und hatte ein Gesicht, dazu noch kleine Arme und Beine. Auf dem Kopf trug es eine Krone, und in einer seiner Hände hielt es einen kleinen goldenen Zauberstab. Weit ausgebreitete Flügel auf seinem Rücken versprühten einen seltsamen funkelnden Staub!

»Ich wollte nur ...«, begann Richard sich zu rechtfertigen, als es ihn sanft auf dem Boden absetzte. Hastig sah er sich um, aber von dem riesigen Tintenfisch war keine Spur mehr zu sehen. Also wandte er sich wieder an das blaue Buch, das ihn gerade gerettet hatte, und fragte: »Wer bist du?«

»Wie sehe ich denn aus?« fuhr das Buch ihn gereizt an. »Vielleicht wie die Zahnfee?«

»Nun ...« Richard dachte, daß es *tatsächlich* ein wenig wie eine Fee aussah.

»Kannst dir deine Antwort auch sparen«, sagte das Buch. Dann benutzte es seinen Zauberstab wie einen Bleistift und schrieb seinen Namen mit glitzerndem Elfenstaub in die Luft.

*»Fantasy«*, sagte Richard.

»Oh, du kannst lesen«, meinte *Fantasy*, »wie erfreulich.«

Der Elfenstaub schwebte langsam zu Boden, und *Fantasy* benutzte ihren Zauberstab wie einen Staubsauger, um den schimmernden Staub wieder einzusaugen. Richard sah sie an, als wäre sie übergeschnappt.

»Noch nie was von Recycling gehört?« fragte *Fantasy* ungehalten. »Und davon abgesehen – du würdest es nicht glauben, wie teuer dieses Zeug ist ... hmmmm, und was haben wir hier?«

Sie starrte etwas an, das auf dem Fußboden

lag. Richard blickte hinab und sah, daß es sein Büchereiausweis war. Er mußte ihm aus der Tasche gefallen sein, als er die Leiter hinaufgeklettert war. Er bückte sich, um ihn aufzuheben, aber *Fantasy* kam ihm zuvor und hob den Ausweis auf.

»Es ist nur mein Büchereiausweis«, erklärte Richard ihr.

»Ich bin ein Buch, Schätzchen, ich kann lesen«, erwiderte *Fantasy* gereizt und richtete ihren Blick erneut auf den Ausweis. »Tja, so ein Ding habe ich schon lange nicht mehr zu Gesicht bekommen.« *Fantasy* gab Richard den Ausweis wieder zurück. »Sag mir, mein Kind, was ist es, das du dir mehr als irgend etwas sonst auf der Welt wünschst?« Sie sah Richard fragend an.

»Kann ich mir irgend etwas wünschen? Irgend etwas?« wollte Richard wissen.

Das Buch nickte.

»Nun, im Augenblick wünsche ich mir nichts mehr, als hier herauszukommen«, sagte Richard.

»Dann werde ich dir deinen Wunsch erfüllen«, erwiderte *Fantasy* mit liebenswürdiger Miene.

»Super!« Richard spürte, wie eine gewaltige Erleichterung in ihm aufstieg. Er straffte sich.

»Aber du mußt mir dafür auch einen kleinen Gefallen tun«, sagte *Fantasy*.

»Was denn?«

Das Buch klammerte sich an sein Bein. »Du

mußt mich mitnehmen und hier rausbringen! Ich will hier raaaauuuus!« schrie *Fantasy* verzweifelt.

»Das ist alles?« Richard war sowohl überrascht als auch erfreut. »Na, toll! Laß uns gehen! Worauf warten wir noch?« Er schloß erwartungsvoll die Augen. Immerhin war sie *Fantasy,* nicht wahr? Und *Fantasy* beinhaltete so etwas wie Magie. Sie mußte nichts anderes tun, als ein paar Zauberworte zu sagen, und schon waren sie beide frei!

Aber nichts geschah. Richard öffnete ein Auge. »Soll ich vielleicht meine Absätze zusammenschlagen oder irgend etwas in der Art?« Er sah sie fragend an.

*Fantasy* schüttelte den Kopf und seufzte. »Kind, ich glaube, du bist in der falschen Geschichte.«

»He!« rief jemand von oben. Richard blickte hinauf und sah, daß *Abenteuer* von der luftigen Höhe eines der Bücherregale auf sie herabblickte. »Einen Moment mal, Schwester! Der Junge gehört mir!«

»Kennst du diese Kurzgeschichte da oben etwa?« fragte *Fantasy* und zeigte mit ihrem Zauberstab auf das rote Buch.

»Klar«, sagte Richard. »Das ist *Abenteuer.*«

*Fantasy* rollte mit den Augen. »Schätzchen, das sagen sie *alle.*«

»Das habe ich genau gehört, jawohl!« rief *Abenteuer* von oben herunter. »Und laß dir gesagt sein, daß ich ein Klassiker bin.«

»Ein klassischer Druckfehler«, gab *Fantasy* zurück.

»Jetzt reicht's aber, du alte Sumpfhexe!« schrie *Abenteuer*, der oben auf seinem Bücherregal wie wild herumsprang. »Ich werde dir deine Seiten rausreißen und sie benutzen, um... um... huch!« Das rote Buch rutschte aus, fiel vom Bücherregal herunter und schrie: »Maaatjeeee!«

»Tu doch was!« kreischte Richard zu *Fantasy* hinüber.

»Oh, na schön.« *Fantasy* ließ ihren Zauberstab im Kreis herumwirbeln wie einen Baseballschläger. Dann richtete sie ihn auf den fallenden *Abenteuer*, aber nichts geschah.

*Platsch! Abenteuer* krachte auf den harten Boden der Bücherei.

»Hach, wie dumm von mir.« *Fantasy* hob die Schultern. »Ich habe ganz vergessen, daß mein Zauberstab außerhalb der *Fantasy*-Abteilung nicht funktioniert.«

»Du meinst, du kannst uns nicht zum Ausgang wünschen?« fragte Richard voller Enttäuschung, während er *Abenteuer* wieder auf die Beine half.

»Ich möchte wetten, daß sie den Ausgang niemals auch nur gesehen hat«, brummte *Abenteuer* und glättete seine Seiten.

»Ich habe mehr davon zu sehen bekommen als du, Kleiner«, schnaufte *Fantasy* eingeschnappt. »Um genau zu sein, liegt der Ausgang direkt hinter meiner *Fantasy*-Abteilung.

*Richard liegt auf dem Boden der alten Bibliothek, dem magischen Ort, an dem seine phantastische Reise durch die Welt der Bücher beginnen wird.*

*Richard Tyler auf seinem ersten Erkundungsgang durch die Bücherei. Sein Weg führt ihn durch düstere Gänge, an deren Wänden sich meterhohe Regale voll von unbekannten Büchern befinden.*

*Richard findet sich in einer Welt wieder, in der die Erzählungen Wirklichkeit werden. Wie durch ein Wunder beginnen sich die Seiten der Bücher nur durch bloßes Aufschlagen mit Leben zu füllen…*

Ich sehe ihn die ganze Zeit über vom Rapunzelturm aus.«

»Dann frage ich mich, was du hier zu suchen hast«, knurrte *Abenteuer.* »Findet hier vielleicht irgendwo ein Hexenkongreß statt?«

»Ich bin falsch eingeordnet worden«, erwiderte *Fantasy,* reckte ihre Nase hoch in die Luft und griff nach Richards Arm. »Aber das ist jetzt alles vorbei, jetzt, wo dieser junge Märchenprinz hergekommen ist, um mich hier rauszubringen.«

»Bei meinem guten Auge, das ist ja ein starkes Stück!« rief *Abenteuer* und griff nach Richards anderem Arm. »Der Junge bringt mich hier raus. Komm schon, mein Kleiner, wir verschwenden nur unsere Zeit, wenn wir uns mit diesem Schlauchboot da abgeben. Für uns heißt es jetzt – auf zum Ausgang.«

Aber *Fantasy* hielt Richards Arm fest und zog ihn in die entgegengesetzte Richtung. Mit wilder Entschlossenheit rief sie: »Wenn *der* glaubt, daß es zum Ausgang dort langgeht, dann *muß* der richtige Weg dieser hier sein!«

Die beiden Bücher zogen an Richards Armen – wie beim Tauziehen, und Richard war das Tau.

»Hör nicht auf sie, Maat!« rief *Abenteuer.* »Die segelt ja nicht unter voller Takelage!«

Genau in diesem Augenblick holte *Fantasy* tief Luft, blähte ihre Seiten auf und schlug sie heftig wieder zusammen. *Abenteuer* bekam eine dicke Wolke Elfenstaub direkt ins Gesicht.

»Ha ... Haa ... Haaa ... tschiiiii!« *Abenteuer* nieste so heftig, daß er mit der Unterseite nach oben auf einem Bücherregal landete.

»*Fantasy* nennst du sie?« Er lachte verbittert. »Sie ist wohl eher ein Alptraum!«

»Na komm schon, Schätzchen«, sagte *Fantasy* und zog Richard den Gang hinunter. »Überlaß den alten *Abenteuer* sich selbst. Er weiß ja nicht einmal, wo wir sind.«

*Abenteuer* sprang auf. »So ein Quatsch, beim Klabautermann! Ich weiß genau, wo wir sind. Wir sind ... in, ehem ...« Schnell drehte er sich zu dem nächstgelegenen Bücherregal um, zog ein staubiges altes Buch heraus und las den Titel. »Hmmmmm, *Der Hund von Baskerville!* Also, wir sind bei den Baskervilles.«

Er gab das Buch an Richard weiter, der es gedankenlos aufschlug.

»Nein, tu das nicht!« rief *Fantasy* entsetzt, aber es war bereits zu spät. Die Dinge nahmen ihren Lauf.

*Grrrroarrr!* Der Kopf eines wütend knurrenden Hundes mit langen, scharfen Zähnen drängte sich aus dem Buch heraus und schnappte nach Richard.

»Hilfe!« Richard ließ das Buch fallen und taumelte zurück. Mittlerweile hatte der Hund es geschafft, auch seine Schultern aus den Buchseiten herauszuzwängen. Es war nur eine

Frage von Sekunden, bis er sich vollends befreit hatte! Was hatte er da nur angestellt!

»Lauft!« rief *Abenteuer.*

Alle drei begannen in wilder Panik den Gang hinunterzurennen. Richard taumelte gegen einen Bücherwagen, und ein ganzer Stapel Bücher flog in hohem Bogen durch die Luft. Eines der Bücher öffnete sich, als es auf dem Fußboden landete.

*Peng! Peng! Peng!* Revolverschüsse zerrissen die Luft.

*Zisch!* Kugeln pfiffen an Richards Ohr vorbei. Er sah sich über die Schulter um. Eine Horde Cowboys war aus den Seiten herausgaloppiert und hatte sich dem knurrenden Hund auf seiner Verfolgungsjagd angeschlossen. Die ganze Meute war ihnen dicht auf den Fersen.

*Peng! Zisch!* Wieder flog eine Kugel an ihm vorbei, bohrte sich in ein Buch auf einem der Regale und warf es zu Boden.

*Tschuck-a-tschuck-a… Wuuu! Wuuu!*

O nein! dachte Richard. Das kann nicht sein! Das kann einfach nicht wahr sein! Als er sich umdrehte, sah er, daß ein langer Zug, gezogen von einer riesigen Dampflok, hinter ihnen den Gang entlangraste. Dampf und schwarzer Rauch strömten aus dem Schornstein. Der Zug machte einen Höllenlärm und kam immer näher.

»Hier entlang!« *Fantasy* zog sie in einen anderen Gang. Aber mit Schrecken mußten sie bald feststellen, daß sie in eine Sackgasse geraten waren.

»Und was jetzt?« fragte Richard, während er einen entsetzten Blick über die Schulter warf. Der knurrende Hund, die um sich schießenden Cowboys und der zischende Zug waren ihnen immer noch auf den Fersen.

»Na, das ist ja eine schöne Geschichte«, murmelte *Abenteuer*.

»Also *ich* habe das Buch nicht geöffnet«, fauchte *Fantasy* ihn an.

*Grrroarrr!* Der große, knurrende Hund rannte den Gang herunter auf sie zu.

*Peng! Peng! Peng!* Kugeln schlugen in die Bücher um sie herum.

*Wuuu! Wuuu!* Der Zug kam unaufhaltsam näher! Richard und die anderen preßten sich ängstlich gegen die Bücherregale. Ohne irgendeine Möglichkeit, sich zu verteidigen, langte Richard nach einem Buch - in der schwachen Hoffnung, etwas zu finden, womit er werfen konnte.

*Klick!* Das Buch, nach dem Richard gegriffen hatte, gab ein seltsames Geräusch von sich, ließ sich aber nicht aus dem Regal ziehen. Plötzlich schwang das Bücherregal wie eine Drehtür herum und schleuderte sie alle zusammen in eine noch merkwürdigere Welt hinein.

# Kapitel 5

Vollmond hüllte sie in unheimliches, graues Licht. Richard sah sich um und begriff, daß sie nicht länger zwischen Büchergängen umherirrten. Ja, um genau zu sein, er hatte nicht einmal mehr das Gefühl, als wären sie überhaupt noch in irgendeinem Gebäude! Sie schienen im Freien zu sein, und ein kühler, feuchter Nebel waberte um sie herum. Es war dunkel, und Richard befand sich inmitten kahler, knorriger Bäume; überall standen Grabsteine, lagen hohe Stöße wahllos umhergeworfener Bücher.

Sie waren auf einen Friedhof geraten!

Richard war noch nie in seinem Leben nachts auf einem Friedhof gewesen. Genau betrachtet, hatte er noch nicht einmal bei Tageslicht jemals einen Fuß auf einen Friedhof gesetzt! Schnell drehte er sich um und wünschte sich von Herzen, irgendwie wieder in die Bücherei zurückzugelangen. Aber das Bücherregal hinter ihm war nun nur noch Teil einer alten Mauer, die über und über mit wildem

Wein bedeckt war. Das Gewirr aus Blättern und Ästen schien vollkommen undurchdringlich zu sein.

»Wie sind wir denn bloß aus der Bücherei herausgekommen?« erkundigte sich Richard mit ängstlicher Stimme bei seinen Kameraden.

»Oh, wir sind immer noch drin, Kindchen«, erwiderte *Fantasy.*

»Ja, ausnahmsweise hat sie mal recht, Junge«, bemerkte *Abenteuer* mit trübseliger Miene. »Wir sind jetzt in der *Grusel*abteilung.«

Richard spürte, wie ein eisiges Frösteln über seinen Rücken kroch. Bis jetzt hatte er geglaubt, die Bücherei sei der letzte Ort auf der Welt, an dem er sein wollte. Junge, Junge, hatte er sich da geirrt!

»Hmm, hier sieht es ziemlich unheimlich aus«, murmelte er mit klappernden Zähnen.

»Das tut es, Maat«, erwiderte *Abenteuer,* der nun selbst nicht mehr besonders zuversichtlich klang. »Bleib einfach ganz dicht bei mir, dann brauchst du dir keine Sorgen zu machen.«

»Jawohl, genauso ist es«, murmelte *Fantasy,* obwohl sie keineswegs so klang, als sei sie selbst überzeugt davon.

Ein Pfad führte weg von dem, was zuvor ein Bücherregal gewesen war, quer über den nebligen Friedhof und einen Hügel hinauf. *Abenteuer* ging voran, während *Fantasy* und Richard ihm mit ängstlichen Gesichtern folgten. Ein Windstoß fegte einen Stapel vertrockneter

Blätter auf ihren Weg und jagte Richard einen furchtbaren Schrecken ein. Er taumelte zurück und stieß gegen einen Bücherstapel, der plötzlich die Flucht ergriff. Man konnte hier wirklich keinen Schritt tun, ohne daß etwas Absonderliches passierte.

»Ahhhhh!« Richard schrie laut auf, als der Bücherschwarm sich in ein schreckliches Durcheinander flügelschlagender, kreischender Geschöpfe verwandelte. Was war das nun wieder?

»Das sind Fledermausbücher!« rief *Abenteuer* ihm zu.

Das nächste, was Richard mitbekam, war, daß *Abenteuer* sich mit einem mächtigen Satz in seine Arme flüchtete und sich zitternd und wie ein Häufchen Elend zusammengekauert an ihm festklammerte.

»Laßt mich in Ruhe, ihr fliegenden Ratten!« schrie *Fantasy,* die ihren Zauberstab wie einen Stock benutzte, um sie zu verjagen. Die Fledermäuse flogen davon, und *Fantasy* wandte sich an Richard, der immer noch *Abenteuer* im Arm hielt.

»Ach, ist das nicht niedlich?« kicherte *Fantasy.*

»Ich wollte dem Jungen lediglich zu Hilfe kommen«, versuchte *Abenteuer* das Ganze zu erklären, während er sich mühsam aus Richards Armen befreite.

»Das ist mal eine gute Ausrede«, lächelte *Fantasy* wissend.

In dem nebligen Himmel über dem Hügel entdeckte Richard ein dumpfes, grünes Glühen.

»Da ist er!« rief er voller Aufregung und winkte *Fantasy* und *Abenteuer* näher heran. »Der Ausgang! Kommt, laßt uns schnell weitergehen!«

Er begann den Weg, der über den Friedhofshügel führte, hinaufzulaufen. Die Bücher folgten ihm. Nebelschwaden zogen sich vor den Mond, der zwischendurch immer wieder einmal kurz sichtbar wurde, und ein Windstoß wehte einige Blätter von den Grabsteinen herab. Plötzlich hob sich der Nebel für einen Augenblick, und Richard kam stolpernd zum Stehen. Vorsichtig sah er sich um.

Ein riesiges altes Steinhaus versperrte ihnen den Weg zum Ausgangsschild. Richard spähte nach links und nach rechts, aber zu beiden Seiten des Hauses befanden sich tiefe Schluchten, und aus der Tiefe klang das Geräusch tosenden Wassers zu ihnen herauf. Sonst war alles still. Richard wandte sich wieder dem Haus zu: Es wirkte düster und unheilverkündend. Lose herabhängende Fensterläden quietschten im Wind, und Fledermäuse huschten flatternd durch die zerbrochenen Fensterscheiben des Dachbodens ein und aus. Es war wirklich ein unheimlicher Anblick. Was mochte sich dahinter verbergen? Richard war nicht übermäßig erpicht darauf, es herauszufinden.

»Sieht so aus, als führte der einzige Weg zum Ausgang direkt durch dieses Haus hindurch«, sagte *Abenteuer,* der neben dem Jungen stehengeblieben war.

»Also, ich gehe auf gar keinen Fall da rein.« Richard schüttelte den Kopf und wandte sich dann mit einem hoffnungsvollen Blick an *Fantasy,* die neben ihm stand.

»Ich würde dich ja rüberfliegen, Schätzchen«, sagte sie, »aber ich fürchte, du bist zu schwer.«

»Das ist deine einzige Chance, Junge«, sagte *Abenteuer.* »Außerdem ist es doch nur ein Haus.«

Richard machte einen widerwilligen Schritt nach vorn. Es mochte ja vielleicht ›nur ein Haus‹ sein, aber er wußte, daß siebzehn Prozent aller Unfälle sich im Haushalt ereigneten. Und wenn es je ein Haus gegeben hatte, das so aussah, als würden mögliche Unfälle dort geradezu Schlange stehen, dann war es dieses.

Sie gingen weiter und kamen zu einem verrosteten Eisentor. Darüber hing ein altes, verblaßtes Namensschild: ›Dr. Jekyll‹ stand darauf zu lesen.

»Nun, das ist doch immerhin beruhigend«, sagte *Abenteuer.* »Sieht so aus, als würde hier ein Doktor leben. So was ist immer gut.«

»Wartet mal, da steht noch ein anderer Name.« Richard zeigte auf den zweiten Namen, der mit unbeholfenen Buchstaben unter den ersten Namen auf das Schild gekritzelt war: ›Mr. Hyde.‹

»Dr. Jekyll und Mr. Hyde«, sagte *Fantasy* grübelnd. Sie dachte einen Augenblick lang nach.

»Es scheint mehrere Wohnungen in diesem Haus zu geben.«

*Knirsch!* Richard drückte das rostige Tor auf. Es hörte sich so an, als hätte es sich schon seit Jahren nicht mehr von der Stelle bewegt. Er und die Bücher starrten das düstere alte Haus ängstlich an.

»Geh du voran, Maatje«, sagte *Abenteuer* mit zitternder Stimme. »Ich bin direkt hinter dir. Kann gar nichts passieren.«

Richard ging weiter auf das Haus zu. Hohe Bleiglasfenster starrten auf ihn herab, und mitten aus dem Gebäude ragte ein gewaltiger Turm in die Höhe. Richard stieg die Stufen der Außentreppe hinauf und ging vorsichtig zur Haustür. Die alten Dielen quietschten unheimlich, und ein ausgefranstes Seil hing neben der Tür. Richard betrachtete es argwöhnisch.

»Was ist das denn?« fragte er.

»Ein Klingelzug«, antwortete *Fantasy*.

»Nun zieh doch einfach mal dran«, drängte *Abenteuer* ihn, während er sich selbst weiter im Hintergrund hielt.

Mit zitternder Hand griff Richard nach dem Seil und zog.

*Kling! Kling!* Eine Glocke ertönte.

*Krach!* Plötzlich krachte ein gräßliches dunkles Etwas neben ihnen zu Boden.

»Arrrrggggghhhhh!« schrien Richard und seine Kameraden.

»Arrrrggggghhhhh!« schrie das Ding wie zur Antwort und sprang auf die Füße. Es war ein schrecklich aussehendes Buch mit einem grauenhaften Gesicht, einem zerfetzten blauen Deckel und einem verkrümmten Rückgrat, aber es schien genausoviel Angst vor den dreien zu haben, wie diese vor ihm hatten.

»Ein *Buckelbuch!*« keuchte *Fantasy* entsetzt.

»Tritt zurück, Junge!« rief *Abenteuer* und zog seinen Säbel. »Ich werde diesem *Buckelbuch* zeigen, was ein *Abenteuer* ist!«

»Hilfe!« rief das *Buckelbuch,* machte einen Satz auf den Klingelzug zu und kletterte daran hoch, so schnell es nur konnte. Dann flüchtete es sich auf das Türsims. »Erbarmen! Erbarmen!«

»Komm da runter, du eselsohriger Kümmerling!« rief *Abenteuer* und schwang drohend seinen Säbel.

»Oh, tu doch das Ding weg«, fuhr *Fantasy* ihn an. »Siehst du denn nicht, daß du ihm Angst machst?«

*Abenteuer* zog ein törichtes Gesicht. In der Zwischenzeit flog *Fantasy* hinauf zu dem Sims, auf dem das *Buckelbuch* voller Angst kauerte. Als es sie näher kommen sah, flüchtete es sich tiefer ins Dunkel hinein. Ganz offensichtlich hatte es schreckliche Angst.

»Komm raus. Komm raus, wer immer du bist!« rief *Fantasy* freundlich.

»Nein!« schrie das *Buckelbuch* aus dem Schatten.

»Warum nicht?« fragte *Fantasy*.

»Ich weiß, warum ihr geschrien habt«, stammelte das *Buckelbuch*. »Es ist, weil ich ... weil ich grausig bin ... Ich habe euch Angst gemacht!«

»Sehe ich so aus, als hätte ich Angst?« fragte *Fantasy*, wobei sie ihre Fingernägel studierte, als hätte sie sonst keine Sorge auf dieser Welt.

Unten auf der Veranda sah Richard zu, wie das *Buckelbuch* vorsichtig sein Gesicht aus dem Dunkel reckte. Er sah, daß das Wort ›*Grusel*‹ in blutroten Lettern auf dem Buchdeckel geschrieben stand.

»Du hast keine Angst?« fragte *Grusel* verwundert. Er schien es kaum glauben zu können.

»Natürlich nicht«, erwiderte *Fantasy*. Sie reichte ihm ihre Hand.

»Aber er will mir was tun«, sagte *Grusel* und zeigte hinunter auf *Abenteuer*.

»Der da?« *Fantasy* lachte. »Dieser kleine Bursche da kann mit seinem Säbel niemandem etwas antun, außer vielleicht sich selbst.«

»Grumpf!« *Abenteuer* verschränkte die Arme vor der Brust und warf *Fantasy* einen ausgesprochen finsteren Blick zu.

*Grusel* trat zögernd aus dem Dunkel hervor. Er war keineswegs überzeugt.

»Nun komm schon runter«, drängte *Fantasy* ihn mit ausgestreckten Armen. »So ist es gut.«

*Grusel* trat vorsichtig an den Rand des Vorsprungs und wollte gerade zu *Fantasy* hinüberspringen, als er plötzlich stolperte.

»Huuuch! Ahhhh!« *Grusel* fiel von dem Sims herunter ... direkt in Richards Arme.

»Hoppla!« schrie Richard auf.

»Gut gefangen!« *Fantasy* flatterte hinab und applaudierte.

Richard hielt *Fantasy* den unliebsamen Neuling hin. »Hier! Nimm du ihn!«

»Oh, ich habe dir Angst gemacht«, schniefte *Grusel* und bedeckte sein Gesicht mit den Händen. »Es tut mir so leid.«

»Du darfst ein Buch niemals nach seinem Äußeren beurteilen.« *Fantasy* drohte Richard mit dem Zeigefinger.

Als *Grusel* diese freundlichen Worte hörte, nahm er seine Hände herunter und lächelte – ein schreckliches Lächeln. Einfach grausig.

»Sieh nur!« *Fantasy* strahlte. »Er lächelt.«

Richard blickte auf das häßliche, zahnlose Gesicht hinab. »Das soll ein Lächeln sein?«

»Na schön, jetzt aber genug mit dem Gerede«, fuhr *Abenteuer* ungeduldig auf. »Der Kaffeeklatsch ist vorbei. Dalli-dalli! Laßt uns das Haus erkunden.«

Plötzlich löste sich *Grusel* aus Richards Griff, sprang zu Boden und preßte sein buckeliges Rückgrat gegen die Tür, so daß er ihnen den Weg versperrte. »Nein! Das könnt ihr nicht tun! Bitte, geht da nicht rein!«

»Warum nicht?« erkundigte *Fantasy* sich.

»Drinnen ist es schrecklich gruselig!« wimmerte *Grusel.*

»Ach, geh mir doch aus dem Weg«, sagte *Abenteuer* großspurig. »Ich habe vor gar nichts Angst. Vor überhaupt nichts.«

»Nun, ich *habe* Angst«, sagte *Grusel* und warf Richard einen flehenden Blick zu.

Richard, der selbst ein Experte war, was Angst betraf, war sofort interessiert. »Wovor fürchtest du dich denn?« erkundigte er sich eifrig.

»Ich fürchte mich vor... *Arrrrggghhhhh!*« rief *Grusel* und ahmte ein schreckliches Kreischen nach, »und vor *Iiiiiihhhh!* und *Buuuuuh!* und *Ahhhhhhhhh!*«

Richard warf einen nervösen Blick auf die große Holztür und schaute dann wieder *Grusel* an. »Ich weiß genau, wie du dich fühlst.«

»*Grusel* bringt's nie zu einem Happy-End. Immer endet alles traurig«, beklagte sich *Grusel,* während er vor und zurück wippte wie ein kleines Kind.

»Nun, nun«, säuselte *Fantasy* sanft und nahm *Grusel* freundschaftlich in die Arme. »Ich komme aus einer Welt von Happy-Ends. Warum kommst du nicht mit uns?«

»Ja, das ist eine gute Idee.« Richard nickte zustimmend. »Vielleicht kannst du uns helfen, durch das Haus hindurchzukommen?«

»Durch das Haus?« keuchte *Grusel,* eindeutig entsetzt.

»Du kannst es schaffen«, drängte *Fantasy.*

*Grusel* drehte sich zur Tür um und starrte sie nervös an, so als versuche er hindurchzuspähen auf das, was dahinter lag. Er schien ganz und gar nicht geneigt zu sein, hineinzugehen.

»Wir brauchen deine Hilfe«, sagte Richard, der immer noch hoffte, ihn überreden zu können. Obwohl ihm selbst nicht wohl war bei dem Gedanken, das Haus betreten zu müssen.

»Nun... okay«, sagte *Grusel,* unübersehbar unglücklich. Er streckte seine Hand nach Richard aus. Richard wollte sie gerade ergreifen, als eine große schwarze Spinne aus der Handfläche des Buches heraussprang. Die Spinne streckte genüßlich die Beine.

»Iiiiiihhhh!« Richard trat voller Ekel einen Schritt zurück.

»Oh, tut mir leid«, entschuldigte sich *Grusel* und schob die Spinne schnell wieder zurück in seine Seiten. Dann nahm er Richard bei der Hand und führte ihn auf die Tür zu.

Sehr vorsichtig drückte *Grusel* die Tür auf. Im Haus selbst war es sehr dunkel, und Richard glaubte, die Schemen kleiner Kreaturen sehen zu können, die eilig davonhuschten. Das Mondlicht warf Schatten kreuz und quer. Gemeinsam machten Richard und *Grusel* einen Schritt in das Haus hinein.

»Ehem, hallo?« sagte Richard nervös. »Ist irgend jemand zu Hause?«

*Klatsch! Klatsch! Klatsch!* Ein Geräusch, das wie Flügelschlagen klang, kam aus dem Schatten, und etwas Großes, Schwarzes stürzte sich auf sie herab.

Richard duckte sich.

»Nimmermehr!« rief ein großer Rabe, als er über ihre Köpfe hinwegstrich.

*Peng! Peng! Peng!* Plötzlich fielen alle Fensterläden und Türen im Haus mit lautem Knallen zu und tauchten alles in tiefe Finsternis.

*»Ahhhhhhh!«* Voller Entsetzen schrie Richard auf, rannte zurück zur Haustür, griff nach dem kristallenen Türknauf und zog daran.

»Huch!« Der Türknauf löste sich von der Tür und fiel auf den Fußboden. Richard und die Bücher sahen zu, wie er durch den Raum rollte und irgendwo im Schatten verschwand. Nein, nicht irgendwo. Ganz plötzlich blieb er liegen ... unter dem Stiefel einer großen, finsteren Gestalt, die einen Zylinderhut und einen dunklen Umhang trug.

»Kann ich euch irgendwie behilflich sein?« fragte die Gestalt. Eine flackernde Öllampe in ihrer Hand warf einen unheimlichen Schatten auf das bleiche Gesicht und die unheilvoll dreinblickenden dunklen Augen.

Richard und die Bücher traten zurück, und *Abenteuer* zückte seinen Säbel. Aber die Gestalt tat einen Schritt nach vorn und drehte die Flamme in einer gläsernen Gasleuchte an der

*In der Bücherei trifft Richard den geheimnisvollen Pagemaster (Christopher Lloyd), der ihm außer der Bücherkarte auch eine Eintrittskarte in die Traumwelt der Bücher überreicht.*

*Der Pagemaster ist eine rätselhafte Person, die sich in der Bücherei außerordentlich gut auskennt.*

*Der Pagemaster verwandelt Richard in eine Zeichentrickfigur und schickt ihn auf eine wunderbare Reise durch die Welt der Bücher.*

Wand höher. Im helleren Licht entpuppte sie sich als ein freundlich wirkender Herr in mittleren Jahren.

»Oh, hallo, Mr. ...« *Fantasy* fuhr sich hastig mit den Fingern durchs Haar.

»Doktor«, sagte der Mann. »Dr. Jekyll.«

»Ein Doktor!« *Fantasy* lächelte verführerisch und legte sich schnell frischen Lippenstift auf.

Richard war unterdessen überaus erleichtert, ein menschliches Wesen entdeckt zu haben. Aber er fragte sich, ob Dr. Jekyll sich nicht darüber ärgern würde, daß sie ohne jede Einladung einfach in sein Haus eingedrungen waren. Er fand, daß er ihm eine Erklärung schuldete.

»Nun, Sir, ich entschuldige mich dafür, daß wir nicht angeklopft haben«, sagte er nervös. »Wir haben allerdings geklingelt, aber ...«

»Es ist meine Schuld«, platzte *Grusel* plötzlich heraus. »Ich wollte ihnen helfen, den Weg zur anderen Seite des Hauses zu finden.«

»Zur anderen Seite?« wiederholte Dr. Jekyll stirnrunzelnd. Er legte eine Hand auf Richards Schulter und führte ihn einen langen, schattigen Flur entlang. »Mein Junge, es bereitet mir wirklich keine Freude, dir sagen zu müssen, daß du dich in äußerster Gefahr befindest.«

»Gefahr?« Richard schluckte nervös. Als hätte er es nicht geahnt!

Dr. Jekyll nickte. »Noch während wir uns hier unterhalten, lauern Mächte des Bösen überall in diesem Haus, Mächte, die nur darauf warten, zuschlagen zu können.«

»Mächte des Bösen?« Richard schluckte nun noch schwerer.

»Natürlich.« Dr. Jekyll drückte eine Tür auf und führte Richard in eine Art Laboratorium. Die Bücher folgten ihnen. Dann blieben sie alle an einem Tisch stehen, der übersät war mit Bechergläsern und Flaschen, die alle mit langen, spiralförmigen Glasröhren verbunden waren. Unter verschiedenen Flaschen brannten kleine Flämmchen, und eine blaue Flüssigkeit rann durch die Röhren.

»Jeder Mensch hat zwei Seiten, eine böse und eine gute«, sagte der Doktor, während er zwei trichterförmige Cocktailgläser ergriff und etwas von der brodelnden, blauen Flüssigkeit hineingoß.

Richard warf einen argwöhnischen Blick auf die Bücher. *Fantasy* zuckte mit den Schultern. *Grusel* schüttelte heftig den Kopf, so als wolle er Richard darauf hinweisen, sehr, sehr vorsichtig zu sein.

Die Flüssigkeit in den Cocktailgläsern zischte und färbte sich einen Augenblick lang purpurrot, bevor sie wieder blau wurde.

»Aber jetzt genug davon«, sagte Dr. Jekyll. »Möchte vielleicht jemand einen Drink?« Dunstschwaden erhoben sich über den Gläsern, und der Doktor sah sich fragend um.

Richard trat einen Schritt zurück und schüttelte den Kopf. »Nein danke, für mich nicht.«

»Ich trinke ein Glas mit Ihnen, Doc!« meldete sich *Abenteuer* fröhlich zu Wort, während er sich bereits die Lippen leckte.

»Sehr schön.« Dr. Jekyll ließ eine grüne Olive in jeden Drink fallen und reichte *Abenteuer* sein Glas, aber in diesem Augenblick trat *Grusel* vor und streckte die Hände danach aus.

»Verschwinde!« *Abenteuer* schob ihn zur Seite. »Das ist ein Drink für einen Mann.«

»Könnte ich nicht vielleicht bitte die Olive haben?« bettelte *Grusel* und zog an *Abenteuers* Arm.

»Nein, kannst du nicht!« schrie *Abenteuer*.

»Oh, bitte! Gib mir doch die Olive, bitte, bitte!« Wieder zerrte *Grusel* an *Abenteuers* Arm. »Ich liebe Oliven.«

*Splitter!* Das Glas entglitt *Abenteuers* Hand und zerschmetterte auf dem Fußboden.

»Da, sieh nur, was du angerichtet hast...«, begann *Abenteuer* zu schreien. Aber dann hielt er plötzlich inne, und sie alle starrten ungläubig auf den Boden.

*Zisch!* Richard und die anderen sahen verblüfft zu, wie die blaue Flüssigkeit ein Loch in den Holzfußboden brannte.

*»Arrrrggggghhhhh!«*

Richard wirbelte herum und sah, wie Dr. Jekyll auf ihn zutaumelte. Der Doktor umklammerte mit beiden Händen seine Kehle und rang verzweifelt nach Luft. Ein leeres Glas fiel zu Boden und zerbarst in tausend Splitter. Hatte Dr. Jekyll dieses abscheuliche Gebräu etwa getrunken? Die Augen des Doktors nahmen ein feuriges Rot an, und er stützte sich schwer auf Richards Schulter, um nicht zusammenzubrechen. Richard starrte auf die Hand des großgewachsenen Mannes, auf der nun langes, dichtes, dunkles Haar zu wachsen begann!

# Kapitel 6

*Ach du Scheiße!* dachte Richard, als er sich aus dem Griff des Doktors befreite. Nun brach Dr. Jekyll tatsächlich auf dem Boden zusammen. Er wand und krümmte sich in schrecklichen Schmerzen und bedeckte sein Gesicht mit den Händen.

»Dr. Jekyll!« rief *Fantasy* besorgt. Die Sache entsprach so gar nicht ihren Vorstellungen.

Plötzlich hörte der Doktor auf, sich herumzuwälzen, und sprang auf die Füße. Sein Haar bildete jetzt ein einziges wildes Durcheinander, seine Augenbrauen waren dick und buschig, und in seinen Augen stand ein wahnsinniges Glitzern. *Fantasy* zog sich flatternd in eine Ecke zurück.

»Dr. Jekyll?« knurrte der Doktor mit wutverzerrtem Gesicht. »Ist mir unbekannt.«

»Aber wer sind denn dann Sie?« fragte Richard, der mittlerweile ganz weiche Knie bekommen hatte.

»Mein Name ist Mr. Hyde«, fauchte der wild aussehende Mann ihn an. Richard zitterte so heftig, daß seine Knie gegeneinanderschlugen.

»Ehem, ich glaube, wir sollten jetzt besser gehen«, wimmerte er und trat einen Schritt zurück.

»Aus diesem Haus ist noch nie jemand lebend herausgekommen!« rief Mr. Hyde. Dann griff er nach einem alten Stock und ließ ihn auf die zerbrechlichen Glasapparate krachen, die auf dem Tisch standen.

*KRACH!* Die Geräte zersplitterten in tausend Stücke. Nun richtete Mr. Hyde den Stock drohend auf Richard und die anderen.

»Ehem – oh!« flüsterte Richard.

»Die Treppe, Maatje!« rief *Abenteuer,* und Richard und *Fantasy* folgten ihm. In der Zwischenzeit war *Grusel,* in der verzweifelten Hoffnung zu entkommen, auf einen großen, schimmernden Kronleuchter hinaufgeklettert, der von der Decke herabhing.

*KRACH!* Der Kronleuchter stürzte zu Boden, direkt vor Mr. Hyde, und stieß ihn rückwärts in das Loch im Fußboden, das *Abenteuers* abscheulicher Drink dort hinterlassen hatte. Noch im Fallen packte Mr. Hyde die Kette des tiefhängenden Kronleuchters und zog sie mitsamt *Grusel,* der sich immer noch auf dem Kronleuchter befand, in das Loch hinein.

»Hilfe, Junge« rief *Grusel* Richard zu. »Laß mich nicht im Stich!«

Richard und die anderen blieben kurz vor

der Treppe stehen. Sie drehten sich um und sahen, wie *Grusel* und der Kronleuchter langsam über den Fußboden auf das Loch zugezogen wurden.

»Erbarmen! Erbarmen!« rief *Grusel,* während er sich verzweifelt bemühte, sich aus den Kronleuchterketten zu befreien. In der Zwischenzeit versuchte der nun vollkommen irrsinnige Mr. Hyde ihn näher an das Loch heranzuziehen. An der Treppe stieß *Fantasy* Richard in die Rippen. »Du mußt ihm helfen!«

Aber Richard stand einfach nur mit offenem Mund da, wie gelähmt vor Angst

»Ach, um Himmels willen.« *Fantasy* schüttelte verzweifelt den Kopf und flog hinab zu *Grusel,* um dem armen Kerl zu helfen. Sie rammte ihren Zauberstab wie ein Stemmeisen in die Kette und schaffte es auf diese Weise, ihn freizubekommen.

Eine Sekunde später fiel der Kronleuchter in das Loch. Zusammen mit Mr. Hyde verschwand er in der Tiefe.

»Für irgend etwas ist dieser alte Zauberstab also doch noch gut«, sagte *Fantasy,* während sie und *Grusel* zurück zu den anderen liefen.

Als er sah, wie tapfer *Fantasy* den armen *Grusel* gerettet hatte, ließ Richard vor Scham den Kopf hängen. Er spürte, wie jemand seine Hand ergriff, und als er den Blick wieder hob, schaute *Grusel* mit einem grotesken Lächeln zu ihm auf.

»Ist schon in Ordnung, Junge«, sagte das Buch mitleidig. »Ich hätte doppelt soviel Angst gehabt.«

Richard nickte, aber er fühlte sich kein bißchen besser. Die Sache machte ihm arg zu schaffen. In der Zwischenzeit waren sie wieder an den Treppen angelangt. Eine führte nach oben, die andere nach unten. Ratlos blieben sie stehen. *Abenteuer,* der keine Ahnung hatte, in welche Richtung sie gehen sollten, wandte sich an *Grusel:* »Was meinst du? Nach oben oder nach unten?«

»Ehem, nach unten«, erwiderte *Grusel* ohne besondere Überzeugung.

*»Iiiiiiaaaakkkkk!«* Ein lauter Schrei stieg aus der Tiefe zu ihnen empor.

»Nein! Nein! « rief *Grusel* und änderte blitzschnell seine Meinung. »Hinauf!« Dann flitzte er die Treppe hinauf, so schnell er das mit seinen O-Beinen vermochte.

Während die anderen hinter ihm herstolperten, stellte Richard fest, daß die Wand neben ihnen aus Bücherregalen bestand. Neugierig streckte er die Hand aus, um eines der Bücher zu berühren, aber er griff ins Leere! Plötzlich ertönte Kettenrasseln und dazu ein entferntes Ächzen und Stöhnen.

Richard blieb stehen und sah sich um. »Wo sind wir? Und was ist hier los?« wollte er ängstlich wissen.

»Gespenstergeschichten«, erwiderte *Grusel* und zeigte auf die Bücher.

Kaum hatte er die Worte ausgesprochen, da drängten sich auch schon lauter grünliche, geisterhafte Dämonen aus den Büchern heraus, die nun überall um sie herum durch die Luft zu wirbeln begannen.

Richard und die anderen stürzten die Treppe hinauf und wischten die Geister weg, als wären sie Spinnweben.

Als sie endlich oben angekommen waren, fanden sie sich in einem endlos langen Korridor wieder, von dem vier Türen abgingen.

»Welche Tür ist die richtige?« fragte *Abenteuer.*

»Hm, die da.« *Grusel* zeigte mit dem Finger auf eine der verschiedenen Türen. »Nein, nein!« rief er verwirrt. »Es muß doch die da sein! Oder ... *die* da?« Kopflos zeigte er erst auf die eine, dann auf die andere Tür.

»Nun entscheide dich schon«, murmelte *Abenteuer* und entschied sich dann selbst für eine Tür, die er auch sogleich aufriß.

*»Nein, doch nicht diese!«* schrie *Grusel.*

*Wusch!* Eine riesige, rasiermesserscharfe Sichel sauste herab und hätte *Abenteuer* um ein Haar in zwei Teile gespalten.

»Hilfe!« *Abenteuer* sprang zurück und schlug hastig die Tür zu.

»Vielleicht ist es diese Tür hier«, sagte *Fantasy* und zog eine der anderen Türen auf. Da kam eine monströse, schauerlich aussehende Hand heraus und griff nach ihr! *Fantasy* verschwand hinter der Tür.

*Peng!* Mit einem lauten Knall fiel die Tür ins Schloß. Richard und die beiden zurückgebliebenen Bücher standen hilflos davor.

*»Uff!« »Au!« Krach! »Wie kannst du es wagen!«* Laute Kampfgeräusche drangen zu *Fantasys* Kameraden heraus.

Kurze Zeit später flog die Tür auf, und *Fantasy* trat heraus. Sie sah ein wenig verwirrt aus und strich sich ihr Gewand glatt.

»Der hat Nerven...«, murmelte sie und schlug die Tür hinter sich zu.

Richard und *Abenteuer* starrten einander verblüfft an. In der Zwischenzeit versuchte *Grusel* die nächste Tür.

*»Ahhhhhhhh!«* kreischte er und schlug auch diese Tür wieder zu.

»Was war denn dahinter?« keuchte Richard.

»Ein Monster vielleicht?« meinte *Abenteuer*.

»Ein schrecklicher Kobold?« fragte *Fantasy*.

»Dunkel«, wimmerte *Grusel*.

»Hm?« *Abenteuer* zog die Augenbrauen hoch.

»Es ist dunkel da drin«, erklärte *Grusel*, »vollkommen dunkel. Kein Licht.«

»Also, jetzt habe ich wirklich genug!« Erzürnt riß *Abenteuer* die Tür auf und schob *Grusel* hinein. »Mach, daß du da reinkommst!«

Richard und die anderen folgten ihm und fanden sich nun alle in einem dämmerigen Raum wieder. Kühle, feuchte Luft umgab sie, und ein seltsamer, starker Geruch erfüllte den Raum. Formaldehyd! Richard kannte den Geruch von den naturwissenschaftlichen Unterrichtsstunden in der Schule. Formaldehyd war die Flüssigkeit, in der tote Lebewesen konserviert wurden, damit sie nicht verwesen konnten. Als seine Augen sich an das dämmerige Halbdunkel angepaßt hatten, sah er, daß sie sich in einem altertümlichen Laboratorium befanden. In der Mitte des Raumes bedeckte ein großes weißes Laken etwas, das vage an einen sehr großen menschlichen Körper erinnerte. Das merkwürdige Etwas lag auf einem steinernen Tisch. Auf einem Holztisch daneben standen Glasbehälter wie diejenigen, die Richard in der Schule im Biologieunterricht benutzte, nur daß diese hier nicht mit Fröschen und anderen Tieren gefüllt waren, sondern mit menschlichen Händen, Köpfen und anderen Teilen! Augenblicklich war Richard wieder von einer entsetzlichen Angst erfüllt. »Ich glaube wirklich, daß wir besser gehen sollten«, flüsterte er.

»Warte«, raunte *Fantasy* und richtete ihren Zauberstab nach oben. »Da müssen wir rauf!«

Richard und die anderen blickten hoch und sahen eine hölzerne Falltür am Ende einer schmalen Steintreppe, die sich auf der anderen Seite des Zimmers befand.

»So?« flüsterte Richard.

»Sieht so aus, als wäre das der Weg nach draußen«, sagte *Abenteuer* mit leiser Stimme.

»Und es sieht auch so aus, als müßten wir direkt an *dem* da vorbeigehen, um dorthin zu kommen«, erwiderte Richard und zeigte auf die Gestalt unter dem Laken. Ihm war ziemlich mulmig zumute, und er schien nur noch Pudding in den Knien zu haben.

»Ich mache da nicht mit!« wimmerte *Grusel*, der am ganzen Körper zitterte.

»Oh, doch, das wirst du«, zischte *Abenteuer* und zog hinter ihm seinen Säbel.

»Schhhh!« *Fantasy* hob die Spitze ihres Zauberstabes an die Lippen und ging voran. Auf Zehenspitzen schlichen sie an dem Ding in der Mitte des Laboratoriums vorbei.

*Rrrrrrr.* Richard hörte ein leises, rumpelndes Geräusch und wandte sich an *Grusel*. »War das dein Magen?« erkundigte er sich mit leiser Stimme.

»Nein«, erwiderte *Grusel*. »Ich *habe* keinen Magen.«

*»Arrrrggghhhh!«* Das rumpelnde Geräusch wurde lauter.

»Was ist das?« wisperte Richard mit wachsendem Entsetzen.

»Eine Waschmaschine vielleicht?« meinte *Grusel*.

»Hier drin gibt es keine Waschmaschine«, sagte Richard. »Hier gibt es nur das da!« Er zeigte auf das Laken auf dem Steintisch.

Plötzlich bewegte sich das Ding und setzte sich auf. Das Laken glitt herunter, und Richard fand sich einem mächtigen, zweieinhalb Meter großen Berg fast verwesten Fleisches gegenüber, das mit groben Stichen zu etwas zusammengeflickt war, das vage an einen Menschen erinnerte.

*»Frankensteins Monster!«* kreischte Richard. Das hatte ihm gerade noch gefehlt.

Als die Kreatur Richards Schrei hörte, öffnete sie plötzlich die Augen. Ihre Nüstern zuckten, und sie stieß ein weiteres schauriges Stöhnen aus.

»Lauft!« schrie *Fantasy* gellend und ging selbst mit gutem Beispiel voran.

Richard begann zu laufen, aber das Monster packte ihn am Hemdkragen.

*»Laß mich looooos!«* schrie Richard.

Aber das Ding tat ihm nicht den Gefallen. Statt dessen begann es, Richard zurück zum Tisch zu ziehen.

»Laß ihn los, du Scheusal!« schrie *Fantasy* von der Steintreppe.

»Jawohl, laß den Jungen in Frieden!« rief nun auch *Abenteuer.*

*»Hilfe!«* schrie Richard.

»Tu doch was!« rief *Fantasy Abenteuer* zu, der sich voller Verzweiflung im ganzen Zimmer umsah. Dann entdeckte er etwas.

»Das Seil, Junge!« rief *Abenteuer.* »Nimm das Seil!«

Richard blickte auf und sah ein Seil, das von einer mit wissenschaftlichen Instrumenten bestückten Plattform an der Decke herabhing. Er sprang hoch und packte es.

»Halt dich fest, Maatje!« rief *Abenteuer,* schwang seinen Säbel und durchtrennte damit ein anderes Seil. Die Plattform stürzte plötzlich herab.

Richard, der immer noch sein Seil festhielt, schnellte empor. Das Monster mußte ihn loslassen, und er lief die Treppe hinauf.

*»Arrrrgggghhhh!«* bellte das Monster voller Wut.

In der Zwischenzeit hatte das Seil Richard die Treppe hinaufgezogen, so daß er nun direkt vor der Falltür stand. »Wow! Das war vielleicht was!« keuchte Richard, als er das Seil losließ und zu den anderen trat.

»Und es ist noch nicht vorbei, Junge!« *Abenteuer* zeigte die Treppe hinunter auf das Monster, das nun zu ihnen heraufgestampft kam.

»Höchste Zeit, daß wir verschwinden«, sagte *Fantasy.* Schnell zwängten sie sich durch die Falltür hinaus und fanden sich hoch oben auf einem steinernen Turm wieder. *Fantasy* schlug die Falltür hinter sich zu und verriegelte sie. Ein großer Kessel voll sprudelnd heißem Öl kochte über einem Feuer ganz in ihrer Nähe.

Die Bücher und Richard eilten an den Rand des Turms und blickten hinab, aber alles, was sie sehen konnten, war Dunkelheit. Weit entfernt hörte Richard den Klang sich brechender Wellen.

»Hier entlang, Maatje!« rief *Abenteuer* und sprang auf die Mauer.

»Wo willst du hin?« fragte Richard ängstlich.

*Abenteuer* zeigte mit seinem Säbel über die Mauer.

»Da runter?« erkundigte sich Richard, der am ganzen Körper zitterte, als er hinunter in die dunkle Ungewißheit blickte. »Ich... ich kann nicht.«

»Na komm schon, Junge!« ermutigte *Abenteuer* ihn. »Auch Bücher haben ein Rückgrat, das sie brechen können.«

Richard sah zu, wie sich das Buch über die Mauer schwang und auf der anderen Seite hinunterkletterte. *Schepper! Bums! Krach!* Hinter ihnen versuchte jemand, die Falltür einzuschlagen.

»Da ist das Monster!« rief *Grusel.*

»Nun mach schon, Kind!« *Fantasy* drängte Richard näher an die Brüstung heran.

*Krach!* Hinter ihnen bohrte sich die Hand des Monsters durch die Tür.

*Grusel* lief hastig auf die Mauer zu, wobei er versehentlich den Kessel umstürzte, so daß sich nun das heiße Öl überall auf dem Boden verteilte.

*Rummms!* Das Monster hatte die Falltür aus den Angeln geschlagen.

*Fantasy* zog geistesgegenwärtig einen brennenden Stock aus dem Feuer und warf ihn auf das heiße Öl.

*Wusch!* Das Öl flammte auf, so daß eine riesige Feuerwand sie von dem Monster trennte.

»Vorwärts!« rief *Fantasy* und drängte Richard entschlossen zur Brüstung hin.

*Grusel* war bereits darübergeklettert. Richard stand an einer Zinne und blickte hinab. Er sah, wie *Grusel* sich auf einem tiefergelegenen Sims zu *Abenteuer* gesellte. Aber unter diesem Sims war nichts - nur leere Finsternis.

»Komm schon, Junge!« rief *Grusel* zu ihm hinauf.

*»Aber wie?«* Plötzlich entdeckte Richard eine alte Regenröhre aus Zinn, die an der Mauer herabführte.

*»Arrrrgggghhhh!«* Die Flammen hinter ihm erstarben langsam, und das Monster kam mit lautem Gebrüll auf ihn zu. Richard griff nach dem Regenrohr und rutschte hinunter - nur weg von dem schrecklichen Monster.

*Quietsch!* Unter Richards Gewicht löste sich die Röhre langsam von der Mauer! Wenn sie abbrach, würde er unaufhaltsam in die dunkle Tiefe unter sich stürzen!

*»Hilfe!«* schrie Richard aus Leibeskräften.

»Der Junge braucht Hilfe!« rief *Grusel*, der ihm vom Sims aus zuschaute.

»Hilfe ist es nicht, was der Junge braucht«, konterte *Abenteuer*.

»Ach?« *Fantasys* Augen weiteten sich. »Seit wann verstehst du etwas davon?« Sie machte sich daran, zu dem Jungen hinaufzufliegen, aber *Abenteuer* griff nach ihren Flügeln und hielt sie fest.

»Was tust du da?« fragte *Fantasy* und befreite ärgerlich ihre Flügel aus seiner Umklammerung.

»Laß den Jungen nur machen«, befahl *Aben-*

*teuer.* »Es ist langsam Zeit, daß er anfängt, sich allein zurechtzufinden.«

»Das ist wohl kaum die richtige Zeit und der richtige Ort dafür«, fuhr *Fantasy* ihn grob an.

Aber *Abenteuer* legte seinen Haken und seine Hand an seinen Mund und rief: »Die Weinreben, Junge! Halt dich an den Reben fest!«

Richard warf einen Blick auf die Mauer und sah eine dichtbelaubte grüne Kletterpflanze, die sich über das ganze Gemäuer rankte. Um sie jedoch erreichen zu können, würde er die Regenrinne loslassen und sich durch das dunkle Nichts schwingen müssen. Sein Herz hämmerte vor Angst. Nein, das konnte er unmöglich schaffen ...

*Quietsch!* Die Regenröhre sackte unter ihm weg!

Richard ließ sie los und griff nach der Weinrebe.

*Rrrrritsch!* Die Rebe löste sich von der Wand. Richard schloß die Augen und schwang in die Tiefe wie Tarzan.

*»Iiiiiii!«* schrie er in purem Entsetzen.

Bums! Seine Füße schlugen auf etwas Hartem auf.

»Gut gemacht, Jungchen!« *Abenteuer* schlug ihm anerkennend auf den Rücken.

»Hm?« Richard öffnete die Augen. Er stand neben den Büchern auf dem Sims. Und er hatte sich nichts gebrochen, keinen einzigen Knochen!

»Du hast es geschafft!« jubilierte *Grusel.*

»Wirklich?« Richard blickte voller Erstaunen auf. War er wirklich die Regenröhre hinuntergeklettert und hatte sich dann mit einer Weinrebe auf den Sims geschwungen? Erstaunlich.

Als sein Atem wieder ruhiger ging, drang ein unerwarteter Geruch an seine Nase – der kühle, frische Duft des Ozeans.

»Riecht ihr das?« rief *Abenteuer* überglücklich. »Hol tief Luft, Maatje!«

Gerade in diesem Augenblick begann ein dunkelorangefarbener Ball am Horizont aufzusteigen. Die Sonne! Der Himmel wurde heller. Richard blickte auf und sah den riesigen, wunderschönen blauen Ozean, gesäumt mit sandigen Stränden, hohen Palmen und gewaltigen, gezackten Klippen. Und hoch oben am Himmel, über all dieser Pracht, hing das grüne Schild mit den weithin leuchtenden Lettern: AUSGANG. Und er hatte schon geglaubt, daß er dieses Schild nie wieder zu Gesicht bekommen würde.

»Da ist es!« rief *Abenteuer* glücklich und zeigte mit dem Säbel darauf.

»Das Ausgangschild!« schrie Richard mit neugeschöpfter Hoffnung.

»Nein, mein Junge«, erwiderte das Buch. »Das Land des Abenteuers!«

# Kapitel 7

Strahlendes Sonnenlicht schimmerte auf der Klippe, auf der sie nun standen. Mittlerweile fand Richard es nicht weiter verwunderlich, festzustellen, daß die Klippe aus Büchern bestand. *Abenteuer* hüpfte einen schmalen, mit Büchern gesäumten Pfad hinunter. *Grusel* folgte ihm und rief: »He! Warte doch auf mich!«

Richard machte sich etwas vorsichtiger an den Abstieg und vergewisserte sich zuerst, daß die Bücher sein Gewicht auch tragen würden. *Fantasy* flatterte neben ihm her. An der Spitze der kleinen Gruppe kletterte *Abenteuer* nun hoch hinauf auf einen gezackten Felsen, von dem aus man eine kleine, palmenbestandene Bucht übersehen konnte. Nach allem, was sie bisher durchgemacht hatten, war diese Bucht ein doppelt idyllischer Anblick.

»Ah! Süße Heimat!« rief *Abenteuer.* »Ist es nicht herrlich hier?« *Grusel* wollte sich zu ihm gesellen, aber *Abenteuer* drängte ihn von den

Felsen hinunter. »Verschwinde! Hier oben ist nur Platz für einen!«

»Tut mir leid.« *Grusel* ließ den Kopf sinken und trat traurig zurück. *Abenteuer* wandte sich wieder dem weiten Meer zu und genoß den Ausblick. Dann holte er tief Luft und ließ seinen Säbel triumphierend durch die salzige Luft sausen. Hier war er zu Hause!

»Es geht doch nichts über das Meer! Da weiß man wenigstens, daß man lebt!« rief er.

*Platsch!* Eine gewaltige Woge brandete gegen den Felsen, auf dem *Abenteuer* stand, und durchnäßte ihn völlig. Wasser tropfte ihm vom Gesicht und von den Enden seines Schnurrbartes herunter. *Grusel,* der hinter ihm stand, konnte nicht umhin, laut loszukichern.

»Worüber lachst du?« rief *Abenteuer* und fuhr wütend herum.

»Über dich!« *Grusel* lachte jetzt so sehr, daß er sich kaum noch halten konnte. Nun sah auch Richard, was so Komisches an der Angelegenheit war. *Abenteuer* war nicht nur tropfnaß - die Welle hatte auch einen Seestern hochgespült, der sich nun auf *Abenteuers* Nase gesetzt hatte! Welch ein Anblick! Richard stimmte in *Grusels* Gelächter ein.

Schließlich mußte *Grusel* so sehr lachen, daß er das Gleichgewicht verlor und auf dem nassen Felsen ausrutschte. Wie wild ruderte er mit den Armen durch die Luft, aber es half nichts, er fiel.

*»Uaaaah!«* Noch im Fallen bekam er *Abenteuers* Bein zu fassen.

*»Ahhhh!«* schrien die beiden Bücher, als sie zusammen von dem Felsen in die Tiefe stürzten.

Richard und *Fantasy* eilten zum Felsrand hinüber, um nachzusehen, was aus den beiden geworden war. Richard, der befürchtete, seine Freunde könnten ertrunken sein, spähte angstvoll in die Tiefe.

»Hallo, Freunde!« *Grusel* winkte ihm von unten zu. Zu Richards großer Überraschung lagen die beiden Bücher in einem kleinen Holzboot, das durch die Bucht trieb; *Grusel* war auf *Abenteuer* draufgefallen.

»Willst du wohl von mir runtergehen?« *Abenteuer* zwängte sich unter dem blauen Buch hervor und winkte nun ebenfalls zu Richard und *Fantasy* hinauf. »Na kommt schon, ihr Landratten!« rief er. »Kommt an Bord!«

Richard stolperte den Felsen hinunter und stieg ins Boot. Plötzlich wurde ihm bewußt, was er getan hatte, und er hielt sich schleunigst am Bootsrand fest. Das kleine Boot schaukelte bedenklich hin und her.

»Ist es auch sicher?« fragte er besorgt und versuchte sich ins Gedächtnis zu rufen, wie hoch die Prozentzahl schwererer Verletzungen war, die durch Schiffsunfälle verursacht wurden. Seltsamerweise war ihm die Zahl momentan entfallen. So etwas war ihm lange nicht mehr passiert.

»Ich bin schon auf schlimmeren Kähnen aufs Meer hinausgesegelt«, informierte *Abenteuer* ihn. »Bis jetzt habe ich mich noch von keinem Schiff unterkriegen lassen.« Um seinen Worten Nachdruck zu verleihen, trat *Abenteuer* mit seinem Holzbein auf den Schiffsboden.

»Huch!« Das Holzbein bohrte sich durch die Planken.

»Äußerst beeindruckend.« *Fantasy* grinste sarkastisch.

*Abenteuer* zog sein Holzbein zurück, und auf der Stelle schoß eine gewaltige Wasserfontäne durch das Loch und durchnäßte sie alle.

»Wir sinken!« kreischte *Grusel.* »Wir gehen unter! Tut doch was! Jemand muß was unternehmen! Ich bin zu jung zum Sterben!«

Ohne nachzudenken, reagierte Richard: Er zog sein Taschentuch aus der Tasche und stopfte es in das Loch.

Es funktionierte! Die Fontäne war restlos versiegt.

»Oh, vielen Dank«, flüsterte *Grusel* schwach.

»Hm, gern geschehen«, erwiderte Richard, ein wenig überrascht darüber, daß er so schnell eine Lösung gefunden hatte.

»Das war wirklich schnelle Arbeit!« nickte *Fantasy* anerkennend.

*Abenteuer,* der wie ein stolzer Kapitän am Bug stand, beorderte Richard und *Grusel* an die Ruder. »Und jetzt abstoßen, Jungs!«

»Was sollen wir tun?«

Richard und *Grusel* sahen das Piratenbuch unsicher an. Sie wußten beim besten Willen nicht, was er von ihnen erwartete.

»Ich meine, ihr sollt diese Ruder da nehmen und anfangen zu rudern!« blaffte *Abenteuer* sie an.

Bevor er tatsächlich losruderte, warf Richard noch einen Blick hinaus aufs Meer. Das einzige, was er sehen konnte, war ein dichter Nebelschleier und hohe, heranrollende Wellen, von denen einige weiße Kronen trugen.

»Hm, wenn ihr mich fragt, sieht das Meer im Augenblick ziemlich unruhig aus«, bemerkte er ängstlich. »Vielleicht sollten wir hierbleiben, bis der Wind sich gelegt hat. «

*Abenteuer* drehte sich zu dem furchtsamen Jungen um. »Nur im Hafen ist ein Schiff in Sicherheit«, belehrte er ihn. »Aber dafür sind Schiffe nun mal nicht gemacht. Und jetzt fang endlich an zu rudern.«

Also ruderten sie, und schon bald glitten sie geräuschlos durch den Nebelschleier hindurch. Auf der anderen Seite war der blaue Himmel von rötlich-grauen Federwölkchen übersät. Richard und die Bücher stellten fest, daß sie plötzlich auf hoher See waren und daß ihr kleines Boot sich mit den gewaltigen Wellen des Ozeans hob und senkte. Richard fühlte sich wie auf der Achterbahn.

»Immer schön weiterrudern, Jungs!« rief *Abenteuer.* »Wir müssen den Bug immer direkt gegen die Wellen halten, sonst kentern wir. Schiff ahoi!«

Während Richard sich weiter mächtig in die Riemen legte, warf er einen Blick über seine Schulter und entdeckte vier kleine Walfangboote, die sich zu seiner Rechten durch die Dünung pflügten. In jedem der Boote saß ein halbes Dutzend wild aussehender Seeleute an den Rudern.

»Walfänger!« rief *Abenteuer* bewundernd.

Vornübergebeugt am Vordersteven des ersten Bootes stand ein bärtiger, sehniger alter Mann. Er trug einen zerlumpten schwarzen Kapitänsmantel und eine lange Harpune.

»Seht nur!« rief Richard. »Noch einer mit einem Holzbein!«

»Scheint hier in der Gegend Mode zu sein«, murmelte *Fantasy* vor sich hin.

»Das ist Captain Ahab«, sagte *Abenteuer*. »Direkt aus *Moby Dick*. Hast du das Buch mal gelesen, Junge?«

Richard schüttelte den Kopf. Nein, auch dieses Buch hatte er noch nicht gelesen.

»Wirklich schade«, sagte *Abenteuer*. »Es ist riesig. Ein Wal von einem Buch.«

»Ach, Unfug«, brummelte *Fantasy*.

In dem ersten der Walfangboote drehte Ahab sich nun zu Richard um, legte die Hände an den Mund und rief: »Hast du ihn gesehen?«

»Wen gesehen?« rief Richard ein wenig verwundert zurück.

Aber Captain Ahab gab ihm keine Antwort mehr. Statt dessen wandte er sich wieder dem offenen Meer zu und suchte mit seinen Blicken die Wellen ab. Wie ein Fels stand er am Bug seines Bootes.

»Was ist denn los mit ihm?« fragte Richard.

»Er hält Ausschau nach dem Teufel der Tiefe«, erklärte ihm *Abenteuer.* »Er sucht nach Moby Dick, dem großen weißen Wal!«

*»Da bläst er!«* rief Ahab plötzlich und zeigte mit dem Finger auf den Horizont.

Direkt vor ihnen teilte sich das Wasser, und ein gigantischer weißer Wal durchbrach in einer Explosion schäumenden Gischts die Wasseroberfläche. Aus seinem Atemloch schoß eine Wasserfontäne dreißig Meter hoch in die Luft. Wahre Sturzbäche ergossen sich über die gewaltigen Flanken der mächtigen Kreatur. Die kleinen, dunklen Augen blinzelten und konzentrierten sich dann auf die Walfänger in ihren Booten.

»Ehem - oh«, murmelte *Abenteuer.* »Dieser Wal weiß genau, was er will.«

»Ich grinse dich an, du grinsender Wal!« rief Ahab und begann, wie wahnsinnig zu lachen. Sein irres Gelächter hallte weit über den Ozean.

»Er ist besessen!« keuchte *Fantasy.*

»Er ist wahnsinnig!« fügte *Grusel* hinzu.

»Er ist aus demselben Holz geschnitzt wie ich!« rief *Abenteuer* und tippte sich mit der Hand an die Stirn. Der Wal machte kehrt und nahm mit unglaublicher Geschwindigkeit Fahrt auf.

»Der Wal schwimmt direkt auf sie zu!« schrie *Grusel* und zeigte auf die Boote. Ahab im ersten Walfangboot hob seine Harpune. »Verfluchter Wal! Nimm meine Harpune!«

Der verrückte Kapitän rammte dem großen weißen Wal die Harpune in die Seite, aber Moby Dick pflügte weiter durch die Wellen, rammte die Boote und hinterließ ein Durcheinander von auf dem Ozean schwimmenden Männern und Schiffsplanken.

»Jetzt kommt er auf uns zu!« schrie Richard, als der Wal plötzlich kehrtmachte und Kurs auf sie nahm.

»Rudert um euer Leben!« rief *Abenteuer.*

Richard und *Grusel* wendeten das Boot, so schnell sie konnten, und begannen zu rudern, aber die gewaltige Bestie kam mit unglaublicher Geschwindigkeit näher. Dann öffnete sie ihr riesenhaftes Maul, um sie zu verschlingen.

*»Alle Mann von Bord!«* schrie *Abenteuer.*

Richard und die anderen sprangen ins Wasser.

*Knirsch!* Der weiße Wal hatte ihr winziges Boot in Sekundenschnelle zermalmt.

Wenige Augenblicke später erspähte Richard, der sich in der kalten See mühsam über Wasser hielt, ein Faß, das auf ihn zutrieb. Erschöpft hielt er sich daran fest. Moby Dick war verschwunden; er war allein und dümpelte inmitten der Trümmer zerschmetterter Boote auf den Wellen. Hilflos sah er sich nach seinen Gefährten um.

»Hallo, Leute?« rief er schwach. »Hallo? Wo seid ihr?« Sie konnten ihn doch nicht einfach im Stich lassen! Eine größere Planke, groß genug, um als Floß zu dienen, trieb ganz in seiner Nähe an ihm vorbei; Richard schwamm darauf zu und zog sich auf das Brett hinauf. Plötzlich kam *Abenteuer* neben ihm an die Oberfläche. Richard zog das vollkommen durchweichte Buch an Bord.

»Junge, bin ich aber froh, dich zu sehen«, sagte Richard voller Erleichterung.

*Abenteuer* war in sichtbar schlechter Verfassung; prustend und spuckend entledigte er sich des Salzwassers, das er heruntergeschluckt hatte. Richard machte sich eilig daran, *Abenteuers* Buchdeckel auf- und zuzudrücken wie einen Blasebalg. Schließlich begann *Abenteuer* wieder normal zu atmen, und Richard schloß ihn überglücklich in die Arme.

»Schon gut! Schon gut!« *Abenteuer* wand sich aus seiner Umklammerung heraus. »Jetzt reicht es aber!«

Während sie sanft auf den Wellen auf und nieder schaukelten, trat *Abenteuer* an den Rand des Floßes und blickte traurig ins Wasser. Plötzlich begriff Richard auch, warum.

»*Grusel* und *Fantasy*!« stöhnte er. »Wo sind die beiden?« Mit einer traurigen Geste nahm *Abenteuer* sein Kopftuch ab und bedeckte damit die Augen. »Ich habe nach ihnen gesucht, so gut ich nur konnte, Junge«, sagte er düster. »Ich fürchte, die beiden hat der Klabautermann mit in die Tiefe genommen.«

»Nein!« rief Richard. Er ließ sich auf das Floß sinken und begann zu schluchzen. *Abenteuer* reichte ihm sein Kopftuch, damit er sich die Augen abwischen konnte. »Die See ist grausam«, sagte das Buch schniefend.

Aber Richard weigerte sich zu glauben, daß seine neuen Freunde ertrunken waren. Er stand auf, legte die Hände um den Mund und begann aus Leibeskräften zu schreien. *»Grusel! Fantasy!«* Plötzlich sah er ein halbes Dutzend schwarzer Flossen das Wasser durchschneiden - auf dem Weg zu ihnen. »Haie!« Er erstarrte vor Entsetzen.

»Wir werden die beiden anderen vielleicht früher wiedersehen, als du gedacht hast!« rief *Abenteuer* und zog seinen Säbel.

»Hm?« Richard verstand nicht, was er meinte.

»In den Bäuchen von denen da.« *Abenteuer* zeigte auf die heranschwimmenden Haie.

Die Haie erreichten schließlich das Floß und begannen, es wie Geier des Ozeans zu umkreisen. Richard sah keine Möglichkeit zu entkommen: Sie hatten weder Ruder, um sich fortbewegen zu können, noch etwas zu trinken oder zu essen. Wenn die Haie sie nicht bekamen, war es nur eine Frage der Zeit, bis sie der heißen Tropensonne zum Opfer fallen würden.

Verloren und hoffnungslos setzte er sich auf das Floß und ließ den Kopf zwischen seine Knie sinken. Traurig dachte er an sein Zuhause und an seine Eltern.

Stunden vergingen, und das Floß trieb ruhig über die glatte See. Die Sonne gleißte auf sie herab, und die Haie zogen immer noch hungrig ihre Kreise. Richard sehnte sich nach seinem Zuhause, nach der Sicherheit seines Zimmers. Warum hatte er sich nur je bereitgefunden, zu Guttman zu fahren und diese Nägel zu holen? Er hatte doch gleich geahnt, daß dabei nichts Gutes herauskommen würde.

Plötzlich hörte er ein leises Plätschern und blickte auf. Aus einer Nebelbank, die sich langsam auf sie zubewegte, tauchte ein Boot auf, in dem zwei schäbig aussehende Matrosen saßen.

»Sieh nur!« rief Richard und winkte wie wild mit den Armen. »Hilfe! Hierher!«

»Vorsicht, Junge«, warnte *Abenteuer* ihn, während er den langsam näherkommenden Männern einen argwöhnischen Blick zuwarf. »Nicht alle Haie in dieser Gegend schwimmen im Wasser.«

Die Seeleute grinsten, als sie ihr Boot neben das Floß manövrierten. Sie hatten harte, unfreundliche Gesichter, angegraute Stoppelbärte und Narben. Richard schätzte, daß sie beide zusammen keine fünf Zähne mehr aufweisen konnten. Trotzdem war er überglücklich, sie zu sehen.

»Gut, daß ihr vorbeigekommen seid«, sagte

er, als einer der beiden Seeleute ihm ins Boot half. Er zeigte auf *Abenteuer.* »Wir vermissen noch zwei Kameraden. Ungefähr so groß wie er. Habt ihr sie gesehen?«

»Außer euch haben wir heute noch nichts gefangen«, erwiderte einer der Matrosen. Erst jetzt bemerkte Richard die Pistole, die in seinem Gürtel steckte. Der andere Matrose stieß einen lauten Pfiff in Richtung zur Nebelbank aus. Wie zur Antwort erscholl ein gleicher Pfiff aus dem Nebel.

Wenige Augenblicke später tauchte eine riesige Galeone mit enormen, geflickten Segeln aus dem Nebel auf. Von dem höchsten ihrer Maste wehte die Fahne mit dem schwarzen Totenkopf und den gekreuzten Knochen darunter. Auf dem Bug stand der Name *Hispaniola* zu lesen.

»Ich wußte es doch«, murmelte *Abenteuer.* »Er ist es!« *Abenteuer* deutete mit seiner Hand auf den Großmast des Schiffes, an dem die berüchtigte Piratenflagge flatterte.

»Von wem sprichst du?« fragte Richard.

»Von dem gemeinsten, schwarzherzigsten Piraten, der je die Sieben Meere befahren hat«, erwiderte das Buch. »Ich spreche von Long John Silver.« *Abenteuer* wollte nach seinem Säbel greifen, aber einer der Matrosen zog schnell die Pistole. »Laß das Ding lieber da, wo es ist, Maat«, brummte er. »Ich hasse es, diese Pistole benutzen zu müssen. Außerdem will John Silver euch lebend.«

Nun verstand Richard auch, warum *Abenteuer* nicht besonders erfreut gewesen war, diese Männer zu sehen. Es waren nicht einfach irgendwelche Seeleute, es waren Piraten!

Kurze Zeit später manövrierten die beiden Piraten ihr Boot neben die Galeone. Es wurde hochgehievt, und kräftige Arme packten Richard und warfen ihn über die Reling des Schiffes aufs Deck. Richard stolperte mitten hinein in einen Haufen der übelriechendsten Männer, die ihm je begegnet waren. Ein großer, stämmiger Pirat zog ein Messer heraus und hielt es dem Jungen an die Kehle.

»Ein Wort von Euch, Captain Silver, und ich zeige Euch die Farbe seiner Eingeweide«, sagte der Pirat.

»Nein, warte! Ich sage es euch«, keuchte Richard voller Entsetzen. »Meine Eingeweide sind rot. Sehr, sehr rot.«

Ein Koloß von einem Piraten kam auf ihn zugehumpelt. Er hatte ebenfalls ein Holzbein und einen Haken als Hand – und er stützte sich auf eine Krücke, die aus einem alten Ast geschnitzt war. Auf seiner Schulter kauerte ein grün-roter Papagei, der genauso heruntergekommen und schäbig aussah wie die Piraten selbst.

»Steck dein Entermesser weg«, sagte der Mann. »Ich möchte ihn mir zuerst einmal von außen ansehen.«

»Sind ... sind Sie Long John Silver von der *Schatzinsel*?« erkundigte sich Richard. Mit weitaufgerissenen Augen starrte er sein Gegenüber an.

»Aye, Bursche, genau der bin ich.« Der Piratenkapitän nickte, humpelte um Richard herum und legte dem Jungen seine riesige, schwielige Hand auf die Schulter. »Nun ja, er ist zwar nur ein ziemlich mickriger kleiner Zwerg, aber er wird wohl reichen.«

»Reichen, wofür?« stammelte Richard entgeistert.

»Tja, nachdem meine Männer dich wie eine ertrinkende Ratte aus dem Wasser gezogen haben, gehörst du nun also zu unserer glücklichen Familie. Als unser neuer Schiffsjunge.«

Richard sah sich die zahnlosen, unrasierten Piraten, die um ihn herumstanden, genauer an. Keiner von ihnen wirkte besonders vertrauenerweckend.

»Ehem, vielen Dank«, sagte Richard zitternd. »Aber ich habe schon eine Familie. Und ich bin sicher, daß sich meine Mutter und mein Vater sich bereits fragen, wo ich stecke. Ich glaube, ich sollte jetzt einfach nach Hause gehen.«

Die Piraten, die um ihn herumstanden, zogen plötzlich ihre Pistolen und Säbel und richteten sie auf Richard, der angstvoll einen Schritt zurückwich.

»Ich glaube, du *bist* bereits zu Hause«, sagte der Piratenkapitän mit einem boshaften Grinsen.

»Ehem, was tut denn ein Schiffsjunge so?«

*Auf seiner Reise durch die Phantasiewelt der Bücher trifft Richard gleich zu Beginn auf die Cartoon-Figur* Abenteuer, *mit der er viele und spannende Erlebnisse haben wird.*

*Bei der Suche nach dem Ausgang aus der Phantasiewelt helfen ihm die drei liebenswerten und charmanten Zeichentrickfiguren* Phantasie, Abenteuer *und* Grusel. *Sie müssen dabei viele Abenteuer bestehen.*

fragte Richard, nachdem er erst einmal schwer geschluckt hatte.

»Er macht sauber, Junge«, sagte Long John Silver mit einem höhnischen Grinsen. »Er macht sauber und erledigt alle möglichen schwierigen und unangenehmen Arbeiten. Alles, was dieser gemeine Haufen von Schurken von ihm verlangt.«

»Putz mir die Schuhe«, befahl ein Pirat lachend.

»Schärf mir mein Entermesser«, fügte ein anderer hinzu.

»Nun, ich würde lieber nicht mit scharfen Gegenständen arbeiten«, sagte Richard schüchtern.

»Ach, wirklich?« Long John Silvers Lächeln wurde bösartig, und er machte einen Schritt auf Richard zu.

Plötzlich ertönte eine Stimme von der Reling des Schiffs. »John Silver!«

Der Piratenkapitän wirbelte herum. Die Piraten in seiner Nähe wichen zurück. Es war *Abenteuer*, der da mit gezogenem Säbel auf der breiten Reling stand. Drohend hob er seine Faust.

»Wenn du dem Jungen auch nur ein einziges Haar krümmst, bekommst du es mit mir zu tun!« fauchte das Buch. »Ich hack dir deine Leber in so kleine Stücke, daß sie nicht mal mehr als Partycracker taugen!«

Long John Silver grinste. »Komm an Bord, Maat!«

»Uff!« Ohne Vorwarnung war einer der Matrosen aus dem Ruderboot hinter *Abenteuer* die Bordwand hochgeklettert und stieß *Abenteuer* nun von der Reling. Er fiel mit dem Gesicht aufs Deck. Die Piraten stimmten ein häßliches, lautes Lachen an.

»Nun, nun«, sagte Long John Silver grinsend. »Irgendwie kommst du mir bekannt vor.« Der Piratenkapitän kniete neben dem Buch nieder. »Du bist doch nicht zufällig hinter meinem Schatz her, oder?«

»Du hast gar keinen Schatz, der es wert wäre, hinter ihm her zu sein«, zischte *Abenteuer*. Dann stand er auf und raschelte mit seinen Seiten.

Unter den umstehenden Piraten erhob sich unruhiges Gemurmel. Richard gewann den Eindruck, daß sie ihrem Kapitän nicht übermäßig vertrauten.

Long John Silver blickte auf und warf seinen Männern einen finsteren Blick zu. »Er lügt«, fuhr der Piratenkapitän auf. »Der Schatz ist riesig und reicht für euch alle.« Dann zeigte er auf *Abenteuer* und Richard. »Durchsucht die beiden.«

Einer der Piraten hielt *Abenteuer* an seinem Holzbein hoch und schüttelte ihn. Pistolen, Messer, Säbel und Kanonenkugeln kullerten aus seinen Seiten heraus. Ein anderer Pirat durchsuchte Richard und entdeckte die Fünfdollarnote und den Nagel, den sein Vater ihm gegeben hatte. Außerdem fand er Richards neuen Büchereiausweis. Das war alles, was der Junge bei sich hatte.

»Hier, Captain«, sagte er und reichte seine Beute Long John Silver.

Der Piratenkapitän untersuchte den Geldschein. »Und was hätten wir hier?« fragte er mit einem erstaunten Blick.

»Das ist Geld«, sagte Richard. »Sie können es behalten!«

»Geld, sagt er?« fragte einer der Piraten grinsend.

»Es behalten, sagt er?« höhnte ein anderer.

Die Piraten sahen einander an und brachen in lautes Gelächter aus.

»Geld aus Pergament?« Long John Silver kicherte und warf den Geldschein über Bord. »Das einzige Geld, das ich kenne, ist aus Silber oder Gold.«

Dann stocherte er sich mit dem Nagel in den Zähnen herum, während er Richards Büchereiausweis untersuchte.

»Und was ist das da?« wollte der Piratenkapitän von Richard wissen.

»Das ist nur mein Büchereiausweis«, antwortete Richard. Er hatte schreckliche Angst, daß er ihn verlieren könnte, denn dann würden er und seine Freunde aus diesem verrückten Durcheinander niemals herauskommen.

Long John Silver betrachtete den kleinen Ausweis voller Argwohn. »Ein Schiffsjunge braucht keinen Büchereiausweis.« Mit diesen

Worten warf der Piratenkapitän den Ausweis über Bord.

»Nein!« Richard und *Abenteuer* stürzten zur Reling bei dem hoffnungslosen Versuch, den Ausweis noch zu fangen, aber sie kamen zu spät. Er flatterte hinunter ins Meer.

»Da geht unsere einzige Hoffnung dahin«, sagte *Abenteuer* traurig. Er und Richard wandten sich von der Reling ab, ohne zu bemerken, daß ein Windstoß den Ausweis erfaßt hatte und zu einer weit entfernten Insel hinüberblies.

»Land ahoi!« rief der Ausguckposten der Piraten aus dem Krähennest. Long John Silver und seine Männer eilten an die Reling. In der Ferne lag eine üppige, grüne Tropeninsel, umringt von einem dünnen Band weißen Sandstrandes. Eine Felsenklippe, die wie ein Totenschädel geformt war, ragte drohend ins Meer hinein.

»Da ist sie, Kameraden!« rief der Piratenkapitän jubilierend. »Die Schatzinsel!«

# Kapitel 8

In mehreren Booten fuhren sie hinüber zu den sandigen Stränden der Insel. Die Piraten, die sich mit Pistolen und Spitzhacken bewaffnet hatten, rannten voller Eifer den Strand hinauf. Sie freuten sich bereits darauf, endlich den ersehnten Schatz zu finden. Long John Silver humpelte hinter ihnen her. Fluchend versuchte er, mit seiner Krücke die Fliegen zu verscheuchen.

Der Papagei auf seiner Schulter plusterte sich auf und kreischte schauerlich.

Hinter dem Piratenkapitän marschierten, wie Sklaven mit einem Seil gefesselt, Richard und *Abenteuer.* Richard hatte allen Mut verloren. Die Sache schien hoffnungslos zu sein. Er hatte keinen Büchereiausweis mehr und war der Gefangene blutrünstiger Piraten. Wahrscheinlich war er dazu verdammt, auf dieser Insel elendig zugrundezugehen.

»Halt dich bereit, Maat«, flüsterte *Abenteuer,* der neben ihm herging. »Sobald diese Bande hier sich auf das Gold stürzt, hauen wir ab.«

»Halt das Maul!« rief Long John Silver dem Buch zu. Dann drehte er sich zu seinen Männern um. »Seht euch die Karte an! Was steht da?«

Die Piraten hielten eine zerfledderte Pergamentkarte hoch. Richard bemerkte, daß sie sie verkehrtherum hielten. Mehrere finster dreinschauende Piraten versuchten, die Karte zu entziffern.

»Der Schatz liegt, ehem, in der Mitte, bei dem Wasserfall«, sagte einer.

»Nein, er liegt im Osten«, widersprach ein anderer. »Bei irgendeinem Blumenkohl.«

»Idioten seid ihr alle, durch die Bank!« rief Long John Silver wütend und riß ihnen die Karte aus der Hand. »Das ist kein Blumenkohl, das ist ein Baum im Westen, und dort liegt auch der Schatz!«

Plötzlich blieb der Pirat, der vorausgegangen war, stehen und zeigte auf etwas, das im Sand lag. »Seht doch!«

Alle hielten an und starrten das Skelett eines menschlichen Wesens an; es lag lang ausgestreckt und vollkommen gerade im Sand, und seine Arme zeigten über seinen Kopf hinaus. Richard spürte, wie ihm die Augen aus den Höhlen traten. Er hatte noch nie in seinem Leben ein Skelett gesehen!

»Wieso liegen die Knochen da so komisch rum?« fragte einer der Piraten. »Das ist doch nicht normal! So was gehört sich einfach nicht.«

»Auf dieser Insel spukt's«, murmelte ein anderer. »Sie ist verflucht, genau das ist sie!« Verschreckt wichen sie zurück.

Richard war überrascht zu sehen, daß diese gemeinen, unbarmherzigen Männer tatsächlich vor Angst zitterten. Long John Silver warf erst einen langen Blick auf das Skelett und dann auf den dahinterliegenden Strand.

»Ihr seid doch alles feige Hunde!« rief er laut lachend. »Macht doch die Augen auf!« Der Piratenkapitän zeigte in dieselbe Richtung wie die Hände des Skeletts. »Die Knochen sind der Kompaß, der uns der Weg zu den Dublonen weist! Los, Leute, mir nach!«

Ein Stück weiter vorn sah Richard einen Baum, der aussah wie der auf der Schatzkarte. Die Piraten rannten los wie wild und stießen in ihrer Gier laute Freudenschreie aus. Dann trat plötzlich eine tödliche Stille ein. Long John Silver runzelte die Stirn und humpelte hinter seiner Mannschaft her, wobei er Richard und *Abenteuer* mit sich zog. Die Piraten standen um ein tiefes Loch neben dem Baum herum. Auf dem Boden des Lochs lagen eine rostige Spitzhacke, eine Schaufel und eine leere Schatztruhe.

»Er ist weg!« keuchte einer der Piraten entsetzt.

»Irgend jemand war vor uns hier!« rief ein anderer.

Ein dritter wandte sich an den Kapitän.

»Wenn das hier der Schatz ist, den Ihr uns versprochen habt, dann ist Euer Versprechen keinen Pfifferling wert.«

Long John Silver bedachte ihn mit einem furchterregenden Blick. »Grabt tiefer, Jungs«, befahl er. »Ihr werdet schon noch finden, wonach ihr sucht.«

Die Piraten sprangen hinunter in das Loch und begannen wie verrückt zu graben. Eine Schaufel Sand nach der anderen flog heraus. Vielleicht gab es hier doch einen Schatz!

Eine halbe Stunde später richtete sich einer der Piraten in dem Loch auf und hielt eine einzige, sandige Goldmünze empor. »Ein Goldstück!« rief er dem Piratenkapitän voller Wut zu.

»Das ist also der Schatz, den Ihr uns versprochen habt, ja?« brummte ein anderer Pirat.

»Und versucht bloß nicht, uns weiszumachen, der Schatz wäre woanders«, warnte ihn ein Dritter. »Das hier ist die Schatzinsel, und das ist die Schatzkarte. Wenn er hier nicht ist, dann ist er auch nirgendwo sonst. Soviel steht mal fest.«

»Paß auf, jetzt gibt's Ärger«, flüsterte *Abenteuer* Richard zu.

»Wir hätten wirklich wissen müssen, daß Ihr uns übers Ohr hauen würdet«, murmelte ein großer Pirat, der nun langsam auf Long

John Silver zukam. Die Wut stand ihm ins Gesicht geschrieben.

Der Piratenkapitän griff nach seiner Pistole, aber die Piraten waren schneller: Plötzlich waren ein Dutzend Pistolen auf den Kapitän gerichtet. Aber nicht nur auf den Kapitän, bemerkte Richard, sondern auch auf *Abenteuer* und ihn!

»Werft Eure Waffen weg, John Silver«, befahl einer der Piraten.

Long John Silver zögerte.

»Na los«, sagte ein Pirat. »Werft sie weg, bevor wir Euch den Haien zum Fraß vorwerfen.«

»Das werdet ihr noch bedauern«, murmelte der Piratenkapitän, als er seine Pistole und sein Messer fallenließ.

»Spart Euch Eure Worte«, gab der andere Pirat zurück. Dann gab er seinen Kameraden ein Zeichen. »Tote beißen nicht. Seid ihr bereit, Jungs?«

Die Piraten spannten ihre Pistolen und zielten. Richard kauerte sich verschreckt hinter den Piratenkapitän. *Abenteuer* schloß beide Augen.

*»Aaaaahhhhhh-oooooo!«* Ein schreckliches, geisterhaftes Heulen ertönte von den Bäumen. *»Fünfzehn Mann auf des toten Mannes Kiste. Yo-ho-ho und 'ne Buddel voll Rum!«*

Die Piraten sahen sich mit schreckgeweiteten Augen um.

»Was ist das?« keuchte einer.

»Wo kommt das her?« fragte ein anderer.

»Das sind böse Geister!« rief ein Dritter.

*»Yo-ho-ho und 'ne Buddel voll Rum!«* ging es plötzlich weiter mit dem schaurigen Gesang. *»Aaaaahhhhh-ooooo!«*

Die Piraten richteten ihre Pistolen auf die Bäume und versuchten ausfindig zu machen, woher die undefinierbare Stimme kam. In wilder Verzweiflung starrten sie von einem Baum zum anderen. Plötzlich raschelten irgendwo die Blätter, und etwas kam von den Zweigen herabgesaust.

Richard stand sprachlos und mit offenem Munde da. *Es war* Horror*! Peng! Peng! Peng! Peng! Peng!* Die Piraten schossen wild um sich.

*Rumms! Grusel* sauste mitten zwischen die Piraten hinein, von denen einige zu Boden stürzten. Der Rest suchte das Weite.

»Erbarmen!« brüllte er. Doch das klang wie ein Kriegsschrei. »Erbarmen!«

»Du lebst noch!« jubilierte Richard.

»Aber nicht mehr lange«, knurrte ein Pirat und zielte auf das Buch.

*Uff!* Eine Wolke aus funkelndem Elfenstaub schlug dem Piraten voll ins Gesicht. *Fantasy* mischte sich ins Geschehen.

*»Haaaa-tschiiiii!«* Der Pirat nieste.

*Peng!* Ein Schuß löste sich aus seiner Pistole, und die Kugel flog hoch in einen der Bäume.

*Boing! Boing! Boing!* Durch den Pistolenschuß hatte sich ein gutes Dutzend Kokosnüsse aus dem Baum gelöst, die nun auf die Piraten niederprasselten und mehrere von ihnen bewußtlos schlugen.

»*Fantasy!*« rief Richard überglücklich.

»Dein Wunsch ist mir Befehl!« *Fantasy* machte mitten in der Luft einen Knicks.

»Holt sie euch!« rief einer der Piraten, der den Kokosnüssen entkommen war.

*Abenteuer,* der neben Richard stand, griff nach einem Säbel, der auf dem Boden lag, und schwang ihn über seinem Kopf. »Endlich!« rief er. »Endlich ein guter Kampf!«

Ein großer Pirat kam mit hocherhobenem Säbel auf sie zu. Als er ihn niedersausen ließ, sprangen Richard und *Abenteuer* auseinander, und der Säbel durchtrennte das Seil, mit dem sie aneinander gefesselt waren.

»Wow!« *Abenteuer* stolperte ein paar Schritte rückwärts und fiel in das Loch und in die leere Schatzkiste hinein.

*Bums!* Der Deckel der Truhe schlug zu, und *Abenteuer* war in der Kiste gefangen.

»*Laßt mich hier raus! Laßt mich raus!*« Seine gedämpften Schreie drangen zwar bis an Richards Ohren, aber er hatte keine Zeit, seinem Freund zu helfen. Er war viel zu sehr damit beschäftigt, den Säbeln der Piraten auszuweichen!

In der Zwischenzeit hatte *Fantasy* zwei Piraten an ihren langen Haaren zusammengebunden, und *Grusel* kreiste so lange um sie herum, bis ihnen schwindlig wurde und sie vornüber kippten.

*»Buuga-buuga-buuga!«* rief *Grusel,* der sein fürchterlichstes Gesicht aufgesetzt hatte. Die Piraten schrien vor Entsetzen laut auf und rannten davon. Kurze Zeit später waren die Zurückgebliebenen irgendwie überwältigt worden; die anderen hatten das Weite gesucht. Richard stolperte um einen Baum herum – und fand sich plötzlich Auge in Auge mit Long John Silver wieder! Sein Kiefer klappte nach unten, und seine Augen weiteten sich.

Der Piratenkapitän sah ihn höhnisch grinsend an: »Jetzt sind also nur noch wir beide übrig. Zum Kampf Mann gegen Mann.«

Dann sahen sie beide gleichzeitig einen Säbel, der zwischen ihnen auf dem Boden lag. Für Long John Silver, der sich auf seine Krücke stützen mußte, würde es eindeutig schwierig werden, sich zu bücken, um ihn aufzuheben.

Richard sah Long John Silver direkt in seine niederträchtigen dunklen Augen.

»Der Säbel, Junge«, flüsterte *Fantasy* Richard ins Ohr. *»Hol dir den Säbel!«*

Der Pirat sah von Richard zu dem Säbel und dann wieder zu Richard hinüber. »Du brauchst nicht einmal daran zu denken, Junge«, knurrte er. »Du hast nicht den Mumm dazu!«

Richard sah Long John Silver noch einmal direkt in seine ausdruckslosen wäßrigen

Augen; der Pirat war mehr als doppelt so groß wie er. Jede Faser in Richards Gehirn schrie: *»Lauf!«* Das war seine einzige Chance, und jeder Gedanke, der ihn durchzuckte, riet ihm zur Flucht.

Aber er hörte nicht darauf.

Richard konnte es selbst kaum glauben, daß er nicht voller Angst weglief.

Nein, er tat es nicht.

Er wußte, daß er wenigstens versuchen mußte, an den Säbel heranzukommen. Vielleicht würde es ihm nicht gelingen, aber zumindest mußte er es versuchen.

Long John Silver starrte den Jungen immer noch wild an, während er sich langsam bückte, um den Säbel aufzuheben. Richard sah ihm zu und dachte darüber nach, ob er nur deshalb nicht weggelaufen war, weil er sich vor Angst nicht mehr rühren konnte.

In der Zwischenzeit kam Long Johns Hand dem Säbel immer näher und näher. Nur noch eine Sekunde, dann würde er ihn haben. Und das wäre das Ende.

Dann geschah etwas wirklich Verblüffendes.

Richard bückte sich blitzschnell und packte die Waffe einen Augenblick vor Long John Silver. Der Säbel wog eine Tonne! Richard brauchte beide Hände, um ihn hochzuheben, doch er schwang ihn drohend vor dem Piraten.

»B-b-bleiben Sie, wo Sie sind!« stotterte er

und richtete die Spitze des Säbels direkt auf das Herz des Piraten.

Long John Silvers dunkle Augen sausten wie der Blitz hin und her, von der rasiermesserscharfen Klinge des Säbels zu dem Jungen und wieder zurück.

»Vorsicht, Junge«, sagte er mit ruhiger Stimme. »Mit dieser Klinge, die du da hast, könntest du leicht jemanden verletzen.«

»Ich ... ich weiß.« Richard nickte. »Dreiundzwanzig Prozent aller Verletzungen werden durch Messer oder andere scharfe Gegenstände verursacht.« Wieder nickte er wissend.

»Hm?« Der Piratenkapitän runzelte die Stirn und zuckte dann mit den Schultern. »Da hast du ganz recht, mein Junge. Also, welche Pläne hast du mit mir?«

»Pläne?« wiederholte Richard. Er hatte keinen Schimmer. Fragend sah er sich um, denn er hoffte, seine Freunde hätten vielleicht irgendeinen Vorschlag, aber sie schüttelten nur die Köpfe. Was nun? Er zögerte.

Long John Silver zeigte auf das Ruderboot der Piraten, das hinter Richard auf dem Strand lag. »Du wirst mich doch wohl nicht zwingen, in dieses Ding da zu steigen und wegzusegeln, oder?«

»Werde ich nicht?« Richard warf noch einmal einen Blick auf das Boot. »Ehem, und ob ich das werde! Das ist genau das, was ich tun werde.«

»Vorsicht, Junge!« flüsterte *Grusel* Richard

zu, der einen Schritt zur Seite getreten war, um Silver vorbeigehen zu lassen. Ohne den Blick von dem Säbel abzuwenden, humpelte der Piratenkapitän über den Sand hinunter zu dem Boot. Richard, der die Tatsache zu verbergen versuchte, daß er am ganzen Körper zitterte, hielt den Säbel weiterhin auf den Piraten gerichtet.

»Immer schön mit der Ruhe, Jungchen«, sagte Long John Silver. »Immer mit der Ruhe. Ich mache dir keine Schwierigkeiten mehr. Ich gehe jetzt direkt runter zum Boot, jawohl. Aye-aye, Junge.«

Der Pirat hatte das Boot mittlerweile erreicht und schob es in das seichte Wasser. Dann kletterte er an Bord und benutzte seine Krücke, um sich abzustoßen.

»Du wirst mal ein harter Bursche, Richard Tyler!« schrie er, als er hinaus aufs Meer ruderte. »Und gute Reise wünsche ich dir noch, Schiffskamerad!«

Die Ruder des Bootes tauchten ins Wasser, und Long John Silver sang: *»Fünfzehn Mann auf des toten Mannes Kiste... yo-ho-ho und 'ne Buddel voll Rum!«* Gutgelaunt entfernte er sich von der Insel.

Während das Boot übers Wasser glitt, schien der Säbel in Richards Händen immer schwerer zu werden, bis er ihn schließlich nicht mehr halten konnte. Richard ließ ihn in den Sand fallen, dann setzte er sich daneben. Plötzlich war er zu Tode erschöpft. Er konnte einfach nicht glauben, was er gerade getan hatte!

»Gut gemacht, Junge!« rief *Fantasy* ihm zu und setzte sich neben ihn.

»Hipp, hipp, hurra!« rief *Grusel.* »Dem hast du aber gezeigt, wer hier der Boß ist!«

Richard nickte verwundert und schüttelte den Kopf. »Wow, ich wünschte, mein Dad hätte das gesehen!« Und natürlich auch die Kinder aus seiner Straße - was war dagegen schon ein Sprung über so eine dumme Rampe?

»Ich wette, dein Vater wäre sehr stolz auf dich gewesen«, sagte *Fantasy* wohlwollend.

Richard blickte zu ihr und zu *Grusel* empor. »Junge, Junge, bin ich froh, euch beide zu sehen! Ich dachte schon, ihr wäret längst Geschichte!«

»Um ein Haar wären wir auch Geschichte gewesen«, erwiderte *Fantasy* und legte einen Arm um *Grusel.* »Das heißt, so lange jedenfalls, bis diesem wunderbaren Burschen hier eingefallen ist, daß er schwimmen kann.«

*Grusel* lächelte stolz und tippte sich auf seinen Buckel. »Der ist hohl!«

»He! He! Laßt mich hier raus!« Gedämpfte Schreie klangen an ihre Ohren.

»Ach herrje«, keuchte Richard. »Den hätte ich um ein Haar vergessen.«

Sie sprangen auf und rannten zu dem Loch zurück, in dem die Schatztruhe lag - mit geschlossenem Deckel. *Grusel* sprang in das

*Die charmante Comic-Figur* Phantasie *hilft allen mit ihrem Zauberstab aus so mancher brenzligen Situation.*

*Richard und Abenteuer werden von Piraten auf eine einsame Insel verschleppt und dort gefangengehalten. In letzter Sekunde werden die beiden von ihren Freunden Grusel und Phantasie gerettet.*

Loch, während *Fantasy* und Richard am Rand stehenblieben.

»Wer ist da drin?« fragte er.

»*Abenteuer!*« kam die Antwort.

»*Abenteuer* wer?« fragte *Grusel* spielerisch.

»Was soll das heißen, *Abenteuer* wer? Mach die verdammte Tür auf, du eselsohriger Bastard!«

*Grusel* hob den Deckel der Schatztruhe an, und *Abenteuer* sprang mit hocherhobenem Säbel und bereit zum Kampf heraus.

»Wo sind sie?« rief er. »Wenn ich die kriege!«

»Tolles Timing, Robin Hood«, sagte *Fantasy* grinsend.

*Abenteuer* sah sich mit offenem Munde um und stellte zu seinem Entsetzen fest, daß weit und breit kein Gegner mehr zu sehen war.

»Wa... was ist passiert?« knurrte er wütend und stampfte mit dem Fuß auf.

Richard zeigte auf *Fantasy* und *Grusel* und sagte: »Ich wollte mich gerade bei den beiden dafür bedanken, daß sie uns gerettet haben.«

»Uns gerettet haben?« murmelte *Abenteuer* enttäuscht.

»Ich brauche niemanden, der mich rettet. Selbst mit einer Hand auf den Rücken gefesselt hätte ich die ganze Bande erledigt!« Er fuchtelte mit seinem Haken in der Luft herum und sah von einem zum anderen.

»Na, das ist mal ein guter Witz.« *Fantasy* rollte mit den Augen.

»Also, du ... du ...« *Abenteuer* war so wütend, daß er ganz rot im Gesicht wurde.

»Was für ein Temperament!« *Fantasy* drohte ihm mit dem Zeigefinger.

»Grumpf!« Das wütende Buch fuhr auf dem Absatz herum und stürmte eingeschnappt zum Strand hinunter.

»Ich glaube, das ist einfach seine Art, danke zu sagen«, flüsterte Richard den anderen augenzwinkernd zu.

»Gern geschehen!« rief *Grusel* hinter *Abenteuer* her.

»Vielleicht solltest du ihm besser folgen«, sagte *Fantasy* zu *Grusel.* »Nur um sicherzugehen, daß er sich nichts antut.«

»Gute Idee.« *Grusel* hob ein Kopftuch und einen Säbel auf, die die Piraten liegengelassen hatten, und rannte hinter *Abenteuer* her.

»Ahoi, Maat!« rief er und lief schneller, um *Abenteuer* einzuholen.

In der Zwischenzeit hatte sich die Aufregung ein wenig gelegt, und Richard erinnerte sich wieder daran, in welcher Klemme er und die anderen saßen. Ohne den Büchereiausweis würden sie aus diesem Durcheinander niemals herauskommen. Er setzte sich ans Wasser, hob mit düsterer Miene einen Stock auf und schrieb die Buchstaben AUSGANG in den Sand. Aber eine kleine Welle rollte bis zu ihm hinauf und wusch das Wort weg. Über ihm schien die Sonne. Er saß auf einem prachtvollen Strand, auf einer wunderschönen Tropeninsel, aber genau das war der letzte Ort auf Erden, an dem er jetzt sein wollte. Richard schüttelte den Kopf und seufzte traurig. Wie sollte das alles nur enden?

»Warum machst du denn so ein langes Gesicht?« fragte *Fantasy* und flatterte neben ihn in den Sand. »Du hast deine Sache doch wirklich gut gemacht, Kind. Was willst du mehr?«

»Vielleicht hast du ja recht, aber ich habe meinen Büchereiausweis verloren«, erwiderte Richard. »Jetzt kann ich dich nicht mehr hier rausbringen. Ich kann überhaupt niemanden mehr hier herausbringen. Auf diese Weise werden wir nie zum Ausgang finden.«

Richard ließ den Kopf sinken, aber *Fantasy* tippte ihn mit ihrem Zauberstab unterm Kinn an und zwang ihn aufzusehen. »Hör mal zu, Meister, sag niemals ›nie‹, wenn *Fantasy* in der Nähe ist. Manchmal muß man darum kämpfen, daß einem ein Wunsch erfüllt wird. Versprich mir, daß du mich jetzt nicht im Stich läßt.«

Richard blickte zu ihr auf und zog eine Grimasse. »Kämpfen?«

»Wenn es sein muß«, erwiderte *Fantasy.* »Wenigstens mußt du es versuchen. Das einzige, was du niemals tun darfst, ist aufgeben.«

Sie hatte recht. Und außerdem saß er schließlich nicht allein in der Klemme. *Fantasy, Abenteuer* und *Grusel* steckten genauso in dem Schlamassel drin wie er. Und sie verließen sich auf ihn.

»He, ihr Landratten!« rief *Abenteuer,* als er, so schnell sein Fuß und sein Holzbein ihn über den Sand trugen, auf sie zugelaufen kam. »Was sitzt ihr da rum wie ein Haufen alter Weiber beim Kaffeeklatsch?«

»Ich bitte untertänigst um Entschuldigung«, fauchte *Fantasy* eingeschnappt.

*Abenteuer* ignorierte sie und streckte Richard seine geschlossene Faust und seinen Haken hin. »Welche Hand willst du, Maatje?«

Richard wog seine Chancen ab und zeigte dann auf *Abenteuers* Hand.

»Kluger Junge, wirklich«, lobte *Abenteuer* und öffnete seine Faust.

»Mein Büchereiausweis!« Voller Erleichterung nahm Richard den Ausweis in die Hand. »Wo hast du ihn gefunden?«

»Ich habe ihn drei Haien abgerungen, die ihn gern zum Frühstück verspeist hätten«, erwiderte *Abenteuer* prahlerisch. »Und ich kann dir sagen, ich habe mein Leben dabei aufs Spiel gesetzt.« Mit hocherhobenem Kopf stand er vor ihm.

»Oh, bitte.« *Fantasy* rollte mit den Augen angesichts dieser Übertreibung.

»Du glaubst mir nicht?« fragte *Abenteuer.*

»Du bist überhaupt nicht naß, mein Lieber«, erwiderte *Fantasy.* »Es waren doch wohl keine Landhaie, oder?«

»Ehem, na ja, hm...« *Abenteuer* errötete.

»Wo ist *Grusel*?« fragte Richard. »Ich dachte, er wäre bei dir.«

»Nun ja, das war er auch, aber er ... ehem, ich meine, er ist sozusagen ...«, stammelte *Abenteuer.*

»Was hast du jetzt wieder zu ihm gesagt?« fragte *Fantasy* und ging wütend auf *Abenteuer* zu. »Hast du wieder seine Gefühle verletzt?«

»Nun ja ... er hat mich sozusagen in einem schlechten Augenblick erwischt, jawohlja«, versuchte *Abenteuer* die Sache zu erklären, während er langsam zurückwich. »Einfach so hinter mir herzurennen mit diesem blöden Kopftuch und dem riesigen Säbel und mir zu sagen, wir wären ein Haufen abenteuerlustiger Gesellen ...«

»Und was hast du darauf geantwortet?« wollte *Fantasy* energisch wissen.

»Nun ja, ich, ehem ... ich habe ihm, ehem, gesagt, daß aus ihm niemals ein Abenteurer wird«, gab das andere Buch zu. »Ich habe ihm gesagt, dafür hätte er einfach nicht das Rückgrat.«

*Fantasy* stand der Mund offen. »Du hast diesem armen *Buckelbuch* gesagt, daß er kein Rückgrat hätte? Also, du ...« Sie wollte sich auf ihn stürzen und schwenkte ihren Zauberstab wie einen Baseballschläger.

»Nun, ich würde nie vorgeben, vollkommen zu sein«, wimmerte *Abenteuer,* der nun ängstlich vor *Fantasy* zurückwich.

»Warte nur, bis ich dich in die Finger kriege!« rief *Fantasy* ihm zu.

»Aufhören! Warte! Ich gehe ihn suchen!«

*Abenteuer* drehte sich um und lief den Strand hinunter. »*Grusel!* Oh, *Grusel*, mein Freund!«

Richard und *Fantasy* folgten *Abenteuer* in etwas langsamerem Tempo. Sie sahen, wie er über den Kamm einer Sanddüne kletterte und plötzlich stehenblieb.

»*Grusel!*« rief er und zog seinen Säbel. »Halte durch, Maat! Ich komme!«

Richard und *Fantasy* erreichten den Kamm der Sanddüne gerade rechtzeitig, um zu sehen, wie *Abenteuer* seinen Säbel durch die Luft schwang und auf der anderen Seite hinunterstürmte. Zu ihrer Verblüffung stand auf der anderen Seite der Düne ein Miniaturschloß aus Sand. Vor dem Schloß waren Hunderte von winzigkleinen Leuten damit beschäftigt, Seile über *Grusel* zu werfen, der der Länge nach ausgestreckt auf dem Rücken im Sand lag und hilflos in den Himmel starrte. Die winzigen Leute zogen die Seile so fest an, als wollten sie das unglückliche Buch für immer am Boden festhalten. *Grusel* konnte keinen Finger mehr rühren.

Als sie *Abenteuer* heranstürmen sahen, stellten sie sich sofort in Reih und Glied zum Kampf auf und schossen Hunderte nadelgroßer Pfeile auf ihn ab.

*Abenteuer* öffnete seine Buchdeckel zu einem Schutzschild und wehrte auf diese Weise die kleinen Pfeile ab. »Ihr könnt von Glück sagen, daß ich mit einer dicken Haut veröffentlicht wurde!« brüllte *Abenteuer* ihnen zu. So leicht ließ er sich nicht in die Flucht schlagen.

Als die winzigen Leute sahen, daß ihre Pfeile das Buch nicht aufhalten konnten, traten sie hastig den Rückzug an. *Abenteuer* blieb neben *Grusel* stehen und rief ihnen hinterher: »Kommt zurück, ihr feigen Landratten!«

Aber die winzigen Leute liefen einfach weiter.

»Ha!« *Abenteuer* lachte triumphierend. »Hast du das gesehen, Maat? Ich habe sie alle besiegt, jawohl.«

Aber *Grusel* gab keine Antwort. Stocksteif lag er da.

»Maat?« *Abenteuer* schnitt die Seile durch und hob den leblosen Kopf seines Freundes hoch.

»Sag doch was, Maat!« flehte er gefühlvoll. Als *Grusel* immer noch nicht antwortete, drückte *Abenteuer* ihn fest an sich. »Du hattest ein gutes Herz, und du warst tapferer, als du selbst es wußtest. Ich würde glatt über Bord springen, wenn ich dich damit wieder zurückbringen könnte.«

»Wirklich?« *Grusel* blickte plötzlich zu ihm auf und grinste.

*Abenteuers* Augen weiteten sich, und er ließ das andere Buch augenblicklich fallen. Mit einem breiten, grausigen Lächeln auf dem Gesicht sank *Grusel* wieder in den Sand. Er schien keinen ernstlichen Schaden genommen zu haben.

»Also, du ...«, schäumte *Abenteuer*, der seine Schmach kaum verwinden konnte. Wie hatte er sich nur so weit herablassen können?

In der Zwischenzeit lächelten Richard und *Fantasy* einander zu. »Das ist ja richtig herzerwärmend«, bemerkte *Fantasy* seufzend.

*Abenteuer* funkelte sie an - außer sich vor Verlegenheit.

Richard kam nun ebenfalls die Düne heruntergelaufen und half *Grusel*, wieder aufzustehen. »Bist du okay?« fragte er, nachdem *Grusel* auf den Beinen war.

»Dank meinem lieben Freund hier geht es mir gut«, erwiderte *Grusel* und schlang seine Arme um *Abenteuer*.

»Faß mich bloß nicht an!« *Abenteuer* schubste ihn weg und streckte die Brust raus wie ein ganz besonders tapferer Seemann.

»Hast du das gesehen?« fragte *Fantasy* Richard.

»Was soll ich gesehen haben?« fragte Richard zurück.

»Mein Zauberstab.« *Fantasy* streckte ihren Zauberstab in die Luft. Unter den erstaunten Blicken ihrer Freunde begann der Zauberstab zu blinken. »Da! Habt ihr es gesehen?«

»Hmm.« Die anderen nickten.

»Nun, meine Freunde, das kann nur eines bedeuten«, verkündete *Fantasy* stolz.

»Der Ausgang?« fragte Richard aufgeregt.

»Die Büchereitür?« erkundigte *Abenteuer* sich.

»Ein Happy-End?« staunte *Grusel*.

Statt einer Antwort hielt *Fantasy* den Zauberstab wie eine Wünschelrute in die Luft. Der Stab begann sie landeinwärts zu führen, hinüber zu dem dichten grünen Tropenwald jenseits des Strandes. Die anderen runzelten fragend die Stirn, aber sie folgten ihr.

# Kapitel 9

Mit *Fantasys* blinkendem Zauberstab als Richtungsweiser hinter sich ging *Abenteuer* voraus, wobei er sich mühsam seinen Weg durch den dichten grünen Dschungel hacken mußte. Die Luft war feucht und erfüllt vom Duft tropischer Blumen. Über ihnen wölbte sich ein dichter Baldachin aus Baumwipfeln und Schlingpflanzen. *Abenteuer* schnaubte und keuchte, während er sich seinen Weg durch Kletterpflanzen und Gesträuch bahnte.

»Bist du sicher, daß dieses Rührstäbchen hier auch wirklich funktioniert?« fragte er *Fantasy.*

»Ja, ich bin mir ganz sicher. Irrtum ausgeschlossen«, erwiderte *Fantasy.*

»Na, wer weiß«, gab *Abenteuer* zurück. Ihm gefiel die Sache mit dem Zauberstab gar nicht. Ein echter Pirat brauchte so etwas nicht. »Scheint mir 'ne große Zeitverschwendung zu sein, sich hier durch den Dschungel zu schlagen«, fuhr er übellaunig fort. »Vielleicht ist mit dem Ding ja irgendwas nicht in Ordnung.«

»Warum probieren wir es nicht einfach aus und stellen fest, was passiert?« erwiderte *Fantasy.* Ohne daß *Abenteuer* Gelegenheit hatte zu protestieren, berührte sie ihn mit ihrem Zauberstab.

*Puff! Abenteuer* verschwand in einer Wolke blauen Rauchs. Als der Rauch sich hob, schwebte das Buch wie eine Fee durch die Luft - bekleidet mit einem winzigen Ballettröckchen und den dazu passenden Schühchen.

»Diesmal bist du wirklich zu weit gegangen, Schwester!« zischte er wütend.

»Da gebe ich dir recht«, erwiderte *Fantasy.* »Du gibst eindeutig eine ziemlich häßliche Fee ab.«

*Ritsch! Ratsch! Abenteuer* zerfetzte das Röckchen mit seinem Säbel und sank leise fluchend in seiner alten Gestalt wieder auf den Boden zurück. Dann begann er erneut, für sich und seine Kameraden einen Pfad durch das Unterholz zu schlagen.

Während sie immer tiefer in den Dschungel eindrangen, begannen sich die Farben ihrer Umgebung zu verändern. Eine funkelnde, bunte Pracht breitete sich vor ihnen aus wie ein Fächer, und wundersame Flötenklänge erfüllten die Luft.

Plötzlich blieb Richard wie angewurzelt stehen. Er sah etwas schier Unglaubliches. Neben einem blasenwerfenden Teich saß ein Geschöpf von einer Art, wie er es noch nie zuvor gesehen hatte: Von der Taille aufwärts war es ein Junge, aber von der Taille abwärts eine Ziege. Das Geschöpf blies die Flöte, aus der die wundersamen Laute erklangen.

»Was ist das?« fragte Richard.

»Ein Satyr«, erwiderte *Fantasy.* »Hast du denn noch nie einen gesehen?«

Richard schüttelte voller Ehrfurcht den Kopf. In seiner Nachbarschaft gab es jedenfalls ganz gewiß keinen Satyr. Als nächstes fiel ihm auf, daß die Bäume um sie herum Blätter mit goldenen Rändern hatten. Während sie weitergingen, brachen die Knospen an den Zweigen plötzlich auf - aber statt Blumen enthielten sie Bücher!

Ein funkelnder Elf tauchte über ihnen in der Luft auf und führte sie an einen Ort wie im Märchen. Schimmernder Elfenstaub hüllte sie ein, und vor ihren Augen erblühten gelbe, blaue und rote Blumen.

»Wow!« stieß Richard überrascht hervor. »Seht doch!«

Vor ihnen erhob sich ein hoher, steinerner Turm. Während Richard und die anderen ihn noch betrachteten, warf eine schöne Maid mit ungeheuer langem blonden Haar einen schier endlosen Zopf aus dem Fenster. Ein hübscher dunkelhaariger Prinz, der einen roten Umhang trug, begann den Turm hinaufzuklettern, wobei er das Haar des Mädchens als Seil benutzte.

*Grusel* klatschte in die Hände. »Das ist ja wunderschön!«

Eine majestätische, orangefarbene Kutsche kam auf sie zugesaust, gezogen von vier prachtvollen weißen Rössern. *Bong! Bong! Bong*... Irgendwo in der Ferne schlug eine Uhr zwölfmal; die Kutsche verschrumpelte plötzlich zu einem Kürbis, und die Pferde verwandelten sich in Mäuse. Alle Pracht war vergessen und vergangen.

Die Mäuse liefen fröhlich quietschend auf *Abenteuer* zu, der sich brummend abwandte: »Märchenland!« Angeekelt schüttelte er den Kopf.

Also huschten die Mäuse zu *Grusel* hinüber, der rückwärts in ein weiches Beet kichernder Blumen fiel. »Ist es nicht hübsch hier?« rief er. »Hier würde ich mich gerne mal für längere Zeit falsch einräumen lassen!«

»Seht doch!« Richard zeigte zum Himmel, wo eine alte Dame auf einer großen weißen Gans vorbeiflog. Ob das wirklich *Mutter Gans* war? Richard begann laut zu lachen, während er einen nahegelegenen Hügel hinaufstürmte, um eine bessere Aussicht zu haben. Dort flog ein ganzer Schwarm winzigkleiner, schimmernder Feen um ihn herum.

»Hallo, meine Kleinen«, begrüßte *Fantasy* sie glücklich.

Eine besonders zarte Fee flog herab und landete auf Richards ausgestreckter Hand. Während er sie noch ganz versunken in ihren warmen Glanz anstarrte, schnappte die kleine Fee ihm seine Brille weg und flog wieder davon. Einen Augenblick lang sah er ihr sprachlos nach.

»He, meine Brille!« rief Richard belustigt und begann die kleine Fee zu jagen.

Die anderen Feen scharten sich um *Abenteuer.* »Weg mit euch, ihr Schwarm von wimmelnden Kribbelmücken!« brüllte dieser.

Das Piratenbuch war so damit beschäftigt, nach ihnen zu schlagen, daß es nicht bemerkte, wie zwei Feen ihm sanft den Säbel aus dem Gürtel zogen.

»Meine Waffe!« rief *Abenteuer,* als die Feen sich mit seinem Säbel davonmachten. »Kommt auf der Stelle wieder her, ihr kleinen Diebe! Wenn ich euch kriege, wird euch das Lachen schon vergehen!«

»Ach, sie wollen doch nur spielen«, sagte *Fantasy.*

*Abenteuer* und die anderen folgten den Feen bis zum Eingang einer kleinen Höhle. Einige der Feen flogen hinein, *Abenteuer* und die anderen blieben jedoch im Eingang der Höhle stehen und sahen sich erst einmal vorsichtig um. *Abenteuer* schob sich sogar seine Augenklappe hoch, um nach seinem Säbel Ausschau zu halten.

In der Höhle selbst wirbelte ein heftiger Wind rötliche Rauchschwaden um unordentliche Reihen rostig-gelber Stalaktiten und Stalagmiten herum – sie sahen aus wie die gewaltigen Fangzähne im Maul einer Riesenschlange. Es war ein nicht gerade vertrauenerweckender Anblick.

»Sieht ziemlich gruselig aus da drin«, stammelte *Grusel*.

*Abenteuer* machte einen Schritt nach vorn und blieb dann zögernd wieder stehen.

»Was ist los?« spottete *Fantasy*. »Angst vor einem kleinen Abenteuer?«

»Du machst wohl Witze, Schwester?« erwiderte *Abenteuer* hochmütig. »Ich *lebe* für Augenblicke wie diesen.« Er machte einen weiteren zögernden Schritt und betrat die Höhle.

*Fantasy* sah dem alten Piratenbuch grinsend nach. Er konnte ihr nichts vormachen. Ganz bestimmt war ihm, genau wie den anderen auch, das Herz in die Hose gerutscht.

In der Zwischenzeit waren die Feen, die Richards Brille ergattert hatten, einen kleinen Hügel hinaufgeflogen, der sich über dem Eingang der Höhle hochzog. Richard, der immer noch über ihren Scherz lachte, lief hinter ihnen her. Als er oben angekommen war, gelang es ihm, den Feen seine Brille wieder abzujagen und sie aufzusetzen. Plötzlich bot sich ihm ein erstaunlicher Anblick – jenseits des Tales erhob sich ein gewaltiges Gebirge, das ganz und gar aus Büchern gemacht war! Ein strahlend grünes Licht umgab den Gipfel.

Richard blinzelte. »Da ist es wieder!« rief er. »Das Ausgangsschild!«

In diesem Augenblick begann der Hügel

*Auf der Reise durch die Phantasiewelt der Bücher muß Richard viele Abenteuer bestehen, bis er schließlich den Ausgang findet. Kurz vor dem Ziel wird er von einem feuerspeienden Drachen verfolgt*

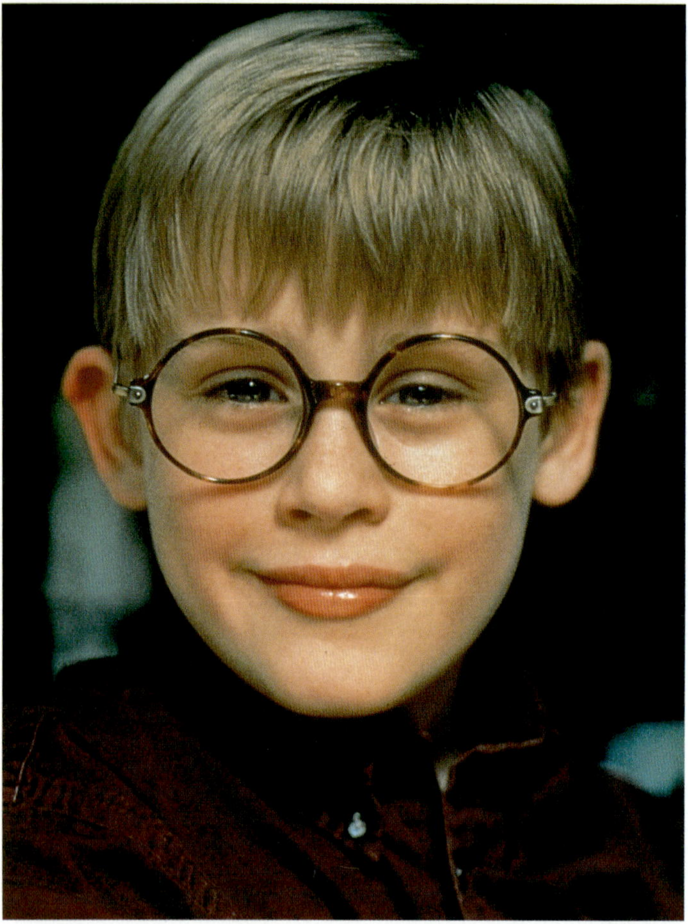

*Macaulay Culkin, junger Superstar der Kevin-Filme, spielt in »Der Pagemaster« einen überängstlichen 10jährigen Jungen, dem eine Reise durch die Traumwelt der Bücher hilft, seine Ängste zu überwinden und der darüber hinaus drei wunderbare Freunde findet.*

unter seinen Füßen zu zittern und zu beben. »Uh, oh!« Die Felsbrocken unter seinen Füßen gaben nach und rollten bergab. Richards schlimmster Alptraum wurde wahr!

»Uuuuaaaaah!« rief er. »Ein Erdbeben!«

Er stolperte zu einem seltsamen elfenbeinfarbenen Ast hinüber und hielt sich daran fest. Vor ihm rollten zwei riesige runde Felsblöcke in die Tiefe und entblößten ... ein Paar gigantischer, rotglühender Augen!

»Hm?« Richard schluckte schwer und starrte direkt in die Augen hinein. Sie waren lebendig! Was in aller Welt ...?

*»O nein!«* Plötzlich begriff Richard, daß er sich nicht auf einem Felsenhügel befand. Statt dessen stand er auf der Nase eines gewaltigen Drachen. Es war keine Höhle gewesen, in die die Feen hineingeflogen waren: Es war das Maul eines Drachen!

Unter ihm sah Richard, wie seine Freunde aus dem Drachenmaul herausgerannt kamen. Er konnte spüren, wie die Luft um ihn herum heiß wurde. Aber einen Augenblick mal ... es konnte keine geschmolzene Lava sein. Dann war es also ... Feuer! Das hier war ein *feuerschnaubender* Drache!

»Haaaa ...« *Abenteuer,* der hinter den anderen herlief, stolperte und fiel am Eingang der Höhle der Länge nach hin. Die Luft wurde immer heißer, während das Feuer aus den Tiefen des Drachen nach oben drang. Trotz der fürchterlichen Gefahr rannte *Grusel* zurück zum Maul des Drachen, griff nach *Abenteuers* Hand und zog ihn wieder auf die Füße.

Zusammen sprangen sie dann aus dem Drachenmaul heraus ins Freie - keine Sekunde zu früh. Eine riesige Flammensäule schoß zwischen den Kiefern der Bestie hervor und versengte die Rücken der beiden Bücher.

*Roaaaarrrrrr!* Der Drache hob seinen Kopf hoch in die Luft. Plötzlich fand sich Richard mindestens dreißig Meter über dem Erdboden. Während er sich gleichzeitig an das Elfenbeinhorn des Drachen klammerte, hatte er einen guten Blick auf die Bestie. Sie war rot und grün und überhaupt das Gruseligste, was er je zu Gesicht bekommen hatte!

*Wwwusch!* Wieder stieß der Drache eine gewaltige, rotglühende Flamme aus. Dann erhob sich das Monster auf seine Hinterbeine und schlug mit seinen riesigen, ledrigen Flügeln. Richard starrte in die gewaltigen roten Augen hinein, und die Bestie begann wie wild ihren Kopf hin und her zu werfen, um ihn von ihrem Horn abzuschütteln.

»Wow!« Richard klammerte sich mit aller Kraft fest, während der Drache sich aus Leibeskräften schüttelte.

*»Hilfe!«* Er stieß einen lauten Schrei aus, als es dem Drachen endlich gelungen war, ihn abzuschütteln. Plötzlich flog er durch die Luft!

Unter ihm auf dem Boden schrien die Bücher vor Angst auf. »Schnell!« rief *Fantasy,* drehte sich zu *Grusel* um und öffnete ihre Seiten. »Schlag Seite 1001 auf.«

*Grusel* fuhr sich mit der Zunge über seinen Zeigefinger und begann die Seiten umzublättern. »Ehem, Seite ein, Seite zwei, Seite drei ...«

*»Iiiih!«* Richard flog in hohem Bogen durch die Luft.

»Schneller! Schneller!« schrie *Fantasy Grusel* an, der nun mit atemberaubender Geschwindigkeit die Seiten durchblätterte.

»... 999, 1000, 1001! Arabische Nächte?«

»Genau, das ist es!« sagte *Fantasy* hastig. »Jetzt reiß sie raus!«

»Du meinst, ich soll eine deiner Seiten rausreißen?« fragte *Grusel* ungläubig.

»Genau das meine ich«, fuhr *Fantasy* ihn an.

»Aber wird es nicht weh tun?«

»Tu einfach, was ich dir sage!« rief *Fantasy*. »Wir dürfen keine Zeit verlieren!«

*Grusel* schloß die Augen und zog. *Rrrrritsch* - er hatte die Seite in der Hand. *Fantasy* riß sie an sich und warf sie hoch in die Luft. *Zappppp!* Ein schimmernder Zauberstrahl schoß aus der Spitze ihres Zauberstabs, und die Seite verwandelte sich plötzlich in einen leuchtendbunten Zauberteppich.

»Rette den Jungen!« befahl *Fantasy* dem Teppich.

*»Ihhhhh!«* Richard raste auf den Boden zu, von der Gewißheit erfüllt, daß der nächste Augenblick sein letzter sein würde.

*Wwusch!* Der Zauberteppich schoß durch

die Luft, neigte sich, schwenkte herum und schob sich unter Richard, nur einen Sekundenbruchteil, bevor er auf der Erde aufgeschlagen wäre.

*Wwwusch!* Der Drache schoß einen Feuerball nach dem Teppich, der mit einer scharfen Kurve um einen Baum herumflog.

*Kra-wumm!* Der Feuerball traf den Baum, der sofort in Flammen aufging.

»Vorsicht!« rief Richard, als der Teppich auf die Bücher zusauste.

»Mannomann!« rief *Abenteuer,* als der Teppich zu einer Bruchlandung ansetzte und ihm um ein Haar den Kopf abgerissen hätte.

*Rrrrums!* Der Teppich schlug auf dem Boden auf, und Richard rollte herunter.

»Bist du in Ordnung?« rief *Grusel,* während er zusammen mit den anderen Büchern zu ihm hinlief.

»Nun, ich glaube schon«, erwiderte Richard ein wenig unsicher.

Sie halfen ihm wieder auf die Füße. Ihm war ein wenig schwindlig, und seine Schulter tat weh – aber er hatte im Augenblick wirklich keine Zeit, sich um solche Dinge Gedanken zu machen. Wenn sie nicht bald hier herauskämen, würden sie noch gebraten werden.

»Kommt weiter!« rief er. »Der Ausgang liegt oben auf diesem Berg. Los, alle Mann auf den Teppich.«

Richard und die Bücher sprangen auf den Teppich.

*Krach!* Gerade als sie abheben wollten, knallte der Schwanz des Drachen neben ihnen auf den Rand des Teppichs und klemmte sie so am Boden fest.

»Ehem, oh, ich glaube, wir haben ein Problem.« Richard schluckte nervös.

»Was sollen wir jetzt machen?« rief *Grusel* und sah hilfesuchend von einem zum anderen.

»Nur keine Aufregung«, meinte *Fantasy* gelassen. »Ich werde schon damit fertig.« Sie zog ihren Zauberstab hervor und schüttelte ihn, aber sein Licht flackerte nur und ging plötzlich aus.

»Oh, verflixt!« stöhnte sie.

»Was ist denn nun wieder?« erkundigte *Abenteuer* sich.

»Das ist das letztemal, daß ich je einen wiederaufladbaren Zauberstab kaufe«, brummte *Fantasy* erbost und schüttelte ihn, so heftig sie konnte.

Plötzlich leuchtete der Zauberstab wieder auf. »Ich nehme alles zurück!« rief *Fantasy* und tippte mit dem Zauberstab auf den Schwanz des Drachen.

*Wwwwwusch!* Ein Ball aus grünem Rauch umschlang den Drachen. Als der Rauch sich wieder hob, war die mächtige Bestie zusammengeschrumpft und zu einer kleinen, harmlosen Kröte geworden.

»Wow!« Richard war überwältigt. »Wie hast du denn das gemacht?«

»Zauberei.« *Fantasy* blinzelte ihm zu.

»Weiber«, brummte *Abenteuer* leise vor sich hin. »Für sie ist alles Zauberei.«

*»Krächz!«* Ein lautes Krächzen drang aus der Kehle der Kröte, und zum Erstaunen aller wurde sie plötzlich so groß wie ein Elefant.

»Ehem, habe ich schon erwähnt, wie schnell sich ein Zauber bei einem Drachen von dieser Größe verliert?« fragte *Fantasy* einfältig.

Die anderen schüttelten ihre Köpfe.

»Vielleicht sollten wir doch besser zusehen, daß wir hier wegkommen«, flüsterte *Grusel.*

Der Teppich schoß mit Richard und den Büchern, die sich alle auf ihm festklammerten, hoch in den Himmel. Wenig später glitten sie sanft durch die Wolken. Plötzlich bemerkte Richard, daß sie nicht mehr allein waren. Andere fliegende Teppiche sowie fliegende Pferde und sogar fliegende Kamele sausten mit ihnen durch die Luft! Sogar ein riesiger blauer Dschin schwebte an ihnen vorbei, während sie dem Gebirge näher und näher kamen.

»Wir schaffen es!« rief Richard aufgeregt.

»Jawohl«, erwiderte *Grusel,* der aufsprang und glücklich seine Faust schüttelte. »Wir schaffen es! ... huch!« *Grusel* war so aufgeregt, daß er *Fantasy* aus Versehen den Zauberstab aus der Hand schlug. Richard und die Bücher blickten ratlos über den Rand des Teppichs hinab, während der Zauberstab zu Boden fiel.

»Also, ich wünschte wirklich, das wäre nicht passiert«, seufzte *Fantasy.* Dann beugte sie sich über den Rand, um dem Zauberstab nachzusehen.

Plötzlich tauchte mitten in den Wolken der Drache wieder auf. Der Zauberstab fiel genau in seine Richtung, und der Drache öffnete das Maul und verschluckte ihn.

»Aye-aye, Maat«, murmelte *Abenteuer.* »Den kannst du jetzt aber selbst holen.«

»Urps!« Der Drache rülpste einen Feuerball aus. *Bumm!* Er explodierte direkt unter dem Teppich, der nun außer Kontrolle geriet und auf den felsigen Berghang zuwirbelte.

»Was machen wir jetzt?« rief *Abenteuer,* während er sich an dem schlingernden Teppich festklammerte.

»Alle Mann bereit zur Bruchlandung«, erwiderte *Fantasy* und klemmte ihren Kopf zwischen ihre Beine.

*Wumm!* Der Teppich krachte gegen die Bergwand.

Richard landete auf dem Rücken, mitten auf einem Felsvorsprung aus Büchern. Er öffnete die Augen: Direkt über ihm leuchtete das grüne Schild mit den Buchstaben AUSGANG! Es schien zum Greifen nah.

»Kommt her, Leute, wir haben's nicht mehr weit!« rief er, rappelte sich auf und begann, den Bücherberg hinaufzuklettern. Nun konnten sie wieder neuen Mut schöpfen.

Aber seine Bücherfreunde hatten sich unten vollkommen ineinander verheddert.

»Geh runter von mir!« rief *Abenteuer* und

kämpfte sich unter *Grusel* hervor, während *Fantasy* ihre Seiten ordnete.

Ein Windstoß, dem ein riesiger Schatten folgte, fegte über sie hinweg. Die Bücher blickten auf. Der Drache war im Begriff, auf sie herabzustoßen!

»Schnell!« schrie *Grusel.* Die anderen Bücher folgten ihm in eine Felsspalte zwischen zwei großen Büchern. Einen Augenblick später landete der Drache auf eben dieser Felsspalte - jetzt waren sie dort gefangen.

In der Zwischenzeit war Richard immer noch damit beschäftigt, die Bergwand zu erklimmen. »Kommt weiter, Leute!« rief er, ohne zu merken, daß seine Freunde nicht mehr hinter ihm waren. »Wir haben es fast geschafft! Es kann nicht mehr weit sein.«

Nun war das Ausgangsschild nur noch wenige Meter entfernt. Richard blieb auf einem Felsvorsprung einen Augenblick stehen, um etwas Luft zu schnappen. »Wir haben es geschafft, Leute! Wir haben es wirklich geschafft!« keuchte er erschöpft.

Aber niemand antwortete. Richard drehte sich um und blickte den Berg hinunter. »Leute?«

Weiter unten sah er den Drachen in eine Felsspalte spähen. Und in der Felsspalte kauerten die verschreckten Bücher und starrten dem Drachen direkt in seine roten Augen.

*Wwwusch!* Der Drache schoß einen Flammenball auf sie ab. Die Bücher mußten sich mit dem Rücken gegen die Wand pressen, damit sie nicht versengt wurden.

»Alles hat seine Grenzen! Das kann sich ein echter Mann wirklich nicht bieten lassen«, murmelte *Abenteuer* und zog tapfer seinen Säbel. »Das wollen wir doch mal sehen. Dieser Drache da ist so gut wie tot!«

Er wandte sich der Öffnung zu, aber *Fantasy* hielt ihn am Arm fest. Sie sah ihn besorgt an. »Sei vorsichtig, ja?« Ausnahmsweise schien sie es wirklich einmal ernst zu meinen.

*Abenteuer* war entzückt. Mit einer großen Geste verbeugte er sich, nahm ihre Hand und küßte sie sanft.

»Oh!« *Fantasy* seufzte. »Du bist wirklich ein Klassiker.«

Zu ihrer Überraschung riß *Abenteuer* sie in seine Arme und gab ihr einen festen, zärtlichen Kuß. Als das alte Seeräuberbuch vielsagend die Augenbrauen hob und senkte, riß *Fantasy* überrascht die Augen auf.

»Was bildest du dir ein, Freundchen!« rief sie erbost. Und ehe er sich's versah, hatte sie ihn an den Schultern gepackt und aus der Felsspalte hinausgeworfen.

»Weiber!« murmelte *Abenteuer*, rappelte sich auf und klopfte sich den Staub ab.

»*Abenteuer!*« rief Richard von oben. »Hier bin ich! Komm rauf!«

»Geh du mal weiter, Junge!« rief das Buch zurück. »Bring dich in Sicherheit! Rette dich!«

*Abenteuer* hatte nicht bemerkt, daß der

Kopf des Drachen bereits drohend über ihm aufragte.

»Vorsicht!« rief Richard.

Der Drache stellte sich auf die Hinterbeine und stieß eine neuerliche Flammensäule aus. *Brutzel!* Versengt und glimmend taumelte *Abenteuer* zurück in die Felsspalte. Sein Kopftuch war verbrannt, und sein Schnurrbart stand in Flammen.

*Puff! Puff! Grusel* blies die Flammen hastig aus.

Weiter oben auf dem Berg drehte Richard sich um und warf einen Blick auf den AUSGANG. Er war direkt dort, vor ihm. Das einzige, was er tun mußte, war hindurchzugehen - dann wäre er frei ... und in Sicherheit! Und die Bücher? Es gab nichts, was er gegen diesen Drachen ausrichten konnte. Es gab keine Möglichkeit für ihn, seine Freunde zu retten. Das Biest war viel zu groß und zu stark für ihn. Aber es tat ihm so leid um seine Freunde. Sie waren wirklich nette Bücher, und jetzt sah es so aus, als würden sie für eine lange, lange Zeit in dieser Felsspalte da festsitzen. Er machte einen Schritt auf den Ausgang zu, blieb dann jedoch wieder stehen.

»Hilfe, Junge!« rief *Grusel* von unten. »Erbarmen! Erbarmen!«

Richard drehte sich um und betrachtete den furchterregenden Drachen, der über der Felsspalte lauerte und drauf und dran war, die Bücher für immer und alle Zeiten zu verbrennen. Nein, er brachte es nicht über sich. Er konnte einfach nicht... Er konnte nicht... weglaufen.

»Haltet durch, Leute!« rief er und hüpfte wie eine Ziege die Bergwand hinunter. Plötzlich entdeckte er das Skelett eines mittelalterlichen Ritters. Das Skelett trug noch immer seinen Helm auf dem Kopf und in den Händen ein Schwert und einen Schild. Richard bückte sich und nahm Helm, Schild und Schwert an sich. Jetzt würde er seine Freunde retten!

»He, du da, Drache!« rief Richard, um die Aufmerksamkeit der Bestie auf sich zu lenken. »Hat dir schon mal jemand gesagt, daß du einen ausgesprochen schlechten Mundgeruch hast?«

Obwohl er Richards Worte nicht verstanden hatte, blickte der Drache auf, in die Richtung, aus der die Stimme kam.

Wenige Augenblicke später stand Richard dem riesigen Monster Auge in Auge gegenüber. Das Herz hämmerte ihm wie wild in seiner Brust, und der Schweiß lief ihm über die Stirn, aber er stand mit hoch erhobenem Kopf da und richtete sein Schwert auf den Drachen.

*Wusch!* Der Drache antwortete mit einer riesigen Flamme, aber Richard riß den Schild hoch und wehrte sie ab.

»So ist es richtig, Junge!« jubelte *Abenteuer* von der Felsspalte aus. »Du mußt auf seinen Magen zielen!«

»Paß auf seinen Schwanz auf!« rief *Fantasy.*

»Gib's ihm! Gib's ihm!« knurrte *Grusel* und sprang auf und ab. Die drei Bücher sahen dem Kampf aufgeregt zu.

Richard richtete sein Schwert auf die empfindliche Stelle unten am Hals des Drachen. Aber bevor er zustoßen konnte, wirbelte der Drache seinen Schwanz herum und umklammerte den Jungen damit wie eine gewaltige Schlange.

»Laß mich runter!« Richard kämpfte aus Leibeskräften gegen den zusammengerollten Schwanz. »Laß mich runter!«

Schild, Helm und Schwert fielen zu Boden, als der Drache Richard hoch an sein Maul hob. Plötzlich wurde Richard klar, was die Bestie mit ihm vorhatte.

*»Hilfe!«* schrie er aus Leibeskräften.

Aber es war zu spät. Der Drache hatte ihn bereits mit Haut und Haaren verschlungen.

# Kapitel 10

Richard stürzte in die Tiefe. Kopfüber taumelte er durch den langen, schmalen Tunnel der Drachenkehle.

*Platsch!* Er landete auf etwas Weichem und Schleimigem. Dann setzte er sich auf und sah sich um. Überall um ihn herum schossen schmale Flammensäulen von dem Boden des Drachenmagens empor. Die kissenweichen Wände wogten mit grummelnden Geräuschen und stießen dabei übelriechende Gase aus. Alle möglichen Arten von Abfall lagen herum: Knochen, Bücher, Zweige und sogar ein alter hölzerner Bücherwagen!

Ich muß unbedingt hier raus, sagte Richard zu sich selbst. Da sah er, wie etwas kurz unter irgendwelchen Büchern aufflackerte. *Fantasys* Zauberstab! Richard lief zu dem Zauberstab hin, hob ihn auf und versuchte ihn durch die Luft zu schwenken, so wie er es bei *Fantasy* gesehen hatte - aber nichts geschah. Verflixt! Vielleicht hatte das Ding jetzt endgültig seinen Geist aufgegeben.

Richard sah sich erneut um. Weiter hinten in dem Tunnel, hoch über seinem Kopf, schimmerte ein schwaches Licht. Tageslicht? Er blickte die Drachenkehle hinauf und durch den Schlund nach draußen. Aber wie konnte er jemals dort hinauf und ins Freie gelangen? Es schien ganz und gar unmöglich zu sein! Plötzlich fielen ihm wieder *Fantasys* Worte ein. Er mußte es wenigstens versuchen. Das war das mindeste, was er tun konnte. Also ließ er den Zauberstab in seine Hosentasche gleiten, kletterte auf den Bücherwagen und versuchte, sich in eine Biegung des Halstunnels hinaufzuziehen.

Unglücklicherweise lag sie für ihn um wenige Zentimeter zu hoch. In der Vergangenheit hätte Richard spätestens jetzt aufgegeben, nun aber stieg er wieder nach unten und stapelte einige Bücher oben auf den Bücherwagen. Dann kletterte er, ohne auch nur über die Wahrscheinlichkeit eines Sturzes und die möglichen Unfallfolgen nachzudenken, hinauf und stellte sich auf die Zehenspitzen. Die Stelle, an der die Kehle schmaler wurde, war nur noch wenige Zentimeter von ihm entfernt. Richard versuchte, sich noch ein wenig weiter zu recken und ... *»Huch!«*

Die Bücher rutschten unter ihm weg. Richard fiel von dem Wagen herunter und landete erneut auf dem Boden des Drachenmagens. Verflixt! Er setzte sich auf. Ein Buch lag oben auf dem Stapel; er griff danach und wollte es wütend wegwerfen, als ihm wieder einfiel, was der *Herr der Worte* gesagt hatte: *»Im Zweifelsfall halte dich an die Bücher.«*

Richard starrte auf das Buch in seiner Hand. Nein, es war sinnlos. Diese Bücher konnten ihm auch nicht helfen. Was er brauchte, war eine Leiter oder ein Schwert, oder noch besser irgendeine wirklich unglaubliche Laserwaffe ...

Aber einen Augenblick mal! Das hier war das *Fantasy*land. Diese Bücher waren voll von den unglaublichsten Dingen.

Richard hielt das Buch in die Höhe. Der Titel lautete: *Alice im Wunderland.* Was hatte er schon zu verlieren? Er öffnete das Buch. Plötzlich sprang ihm wie ein Schachtelteufel eine Frau mit wilden Augen entgegen. Es war die verrückte Herzkönigin!

»Kopf ab! Kopf ab!« kreischte sie hysterisch.

*Peng!* Richard schlug das Buch zu, und die Königin war wieder verschwunden. Aber was jetzt? Vielleicht sollte er es mit einem anderen Buch versuchen? Es lagen ja genug herum. Er begann auch die anderen Büchern zu durchstöbern. Es mußte doch irgendeines geben, das ihm helfen konnte ...!

Da fiel sein Blick auf einen Titel. *Jack und die Bohnenranke.* Ging es in diesem Buch nicht um ein Kind und eine riesige Bohnenranke?

Was konnte ihm das nützen?

Richard war sich nicht ganz sicher, aber es

war jedenfalls einen Versuch wert. Alles war in diesem Augenblick einen Versuch wert. Richard öffnete das Buch und legte es auf den Boden des Drachenmagens.

Nichts geschah ...

Voller Verzweiflung sah sich Richard um. Was sollte er nur tun? Langsam war er wirklich am Ende mit seiner Weisheit.

Dann spürte er, wie etwas unter seinen Füßen zu rumpeln begann: Also geschah doch etwas! Er trat zurück, gerade in dem Augenblick, als eine gewaltige grüne Bohnenranke aus dem Buch herausschoß.

Es funktionierte! Unglaublich! Richard nahm augenblicklich alles zurück, was er je über Bücher gedacht hatte. Bücher waren großartig! Bücher waren voller Wunder ... ganz zu schweigen von Bohnenranken.

Jetzt geht's los! dachte Richard und griff nach der Ranke. Und ehe er sich's versah, schoß er auch schon in der Kehle des Drachen empor.

*»Nicht so hooooch!«* schrie er.

Dem Drachen traten die Augen aus den Höhlen; sein Kopf zuckte zurück, sein Maul öffnete sich, und plötzlich schoß die riesige Bohnenranke, an der Richard sich festklammerte, heraus! Endlich war er wieder draußen an der frischen Luft!

»Maatje!« hörte er *Abenteuer* rufen.

Richard warf einen Blick auf den Bücherberg und sah dann seine Freunde, die weiter unten standen und ihm glücklich zuwinkten.

»Er lebt!« rief *Fantasy* außer sich vor Freude. Sie war überglücklich, ihren Gefährten wiederzusehen.

»Kommt her!« rief Richard ihnen zu. »Springt herauf!«

Die Bücher sprangen auf die Bohnenranke und ritten zusammen mit Richard hoch hinauf auf die Spitze des Berges.

»Springt!« rief Richard, als sie oben angekommen waren. Da sprangen sie alle von der Bohnenranke und stolperten auf den Büchergipfel.

»Ist mit dir alles in Ordnung?« fragte *Fantasy,* als sie sich wieder aufrappelten.

»Wa ...?« Richard war noch ein wenig schwindlig und benommen von all der Aufregung.

*Grusel* umschlang Richards Bein. »Junge, du hast uns gerettet!«

»Genau. Genau das hast du getan, Maatje.« *Abenteuer* nickte und grinste.

»Du hast deine Sache wirklich gut gemacht, Schätzchen«, sagte nun auch *Fantasy.*

»Oh, ehem, das ist übrigens für dich.« Richard zog ihren Zauberstab aus seiner Tasche und reichte ihn ihr.

»Mein Held!« rief *Fantasy* schwärmerisch entzückt und küßte ihn auf die Wange.

Richard setzte seine Brille auf und wandte sich wieder dem grünen AUSGANG-Schild zu.

Darunter lag ein steinernes Gebäude, das aussah wie eine altmodische Sternwarte. Mit seinen massiven Eichentüren war es wie durch Zauberhand plötzlich vor ihnen erschienen. Und jetzt schwangen die Türen auf, und ein kreisrunder Raum tat sich dahinter auf. Das mußte der Ausgang sein - aber Richard zögerte.

»Was ist los, Maatje?« fragte *Abenteuer.*

»Warum gehst du nicht hinein?« fügte *Grusel* hinzu.

»Ich ... ich frage mich bloß, was als nächstes passieren wird«, sagte Richard mit einem Anflug von Ängstlichkeit. Jetzt, wo er so weit gekommen war, kamen ihm plötzlich wieder Zweifel.

»Keine Angst«, ermutigte *Fantasy* ihn und schlug ihm auf den Rücken. »Was es auch sein mag, du wirst schon damit fertig.«

Richard und seine Freunde drangen durch die Türen in das Haus ein. Ein heller Lichtkegel aus einer riesigen Kristallkuppel im Fußboden beleuchtete ihre Gesichter. Auf der anderen Seite des Raumes bewegte sich eine Gestalt durch die Dunkelheit.

»Wer ist da?« fragte Richard.

Die Gestalt trat ins Licht, und Richard sah, wer es war.

»Der *Herr der Worte*!« *Abenteuer* nahm feierlich sein Kopftuch ab und verbeugte sich respektvoll.

*Grusel* warf sich auf den Fußboden, dem

*Herrn der Worte* vor die Füße, und *Fantasy* machte einen Knicks.

Nur Richard war nicht weiter beeindruckt. »He, wie sind Sie denn hierhergekommen?« fragte er.

»Nun, nun.« *Fantasy* legte ihm ihre Hand auf den Arm, um ihn zum Schweigen zu bringen. »Der *Herr der Worte* steht vor uns.«

»Ich weiß, wer er ist«, erwiderte Richard ärgerlich. »Das ist der Bursche, der mir diese ganze Geschichte überhaupt eingebrockt hat. Seht mich doch bloß an.« Er zeigte auf seine schmutzigen, zerknitterten Kleider. Dann sah er den *Herrn der Worte* an. »Haben Sie überhaupt eine Vorstellung davon, was ich durchgemacht habe?«

Der *Herr der Worte* lächelte ein wenig. »Bitte, erzähl es mir.«

Richard machte sich daran, an seinen Fingern aufzuzählen, was ihm alles zugestoßen war. »Ein Wahnsinniger hätte mich um ein Haar in Stücke gerissen. Dann hat mich ein Haufen dreckiger Piraten als Sklaven gefangengenommen. Und ich wurde aufgefressen... Haben Sie das gehört? Aufgefressen, und zwar von einem feuerschnaubenden Drachen, ganz zu schweigen davon, daß ich öfter, als ich überhaupt zählen kann, herumgestoßen, zerquetscht und praktisch zu Tode geängstigt wurde.«

Der *Herr der Worte* sah ihn geduldig an. »Und doch stehst du hier vor mir.«

»Nun ... ja.« Das konnte Richard nicht bestreiten.

*Grusel* kniete unterwürfig vor dem *Herrn der Worte* nieder. »Er meint es nicht so, o *Herr der Worte.* Ehrlich.«

»Unsinn!« rief der *Herr der Worte* mit tiefer Stimme. »Der Junge hat recht. Ich habe ihn mit Absicht durch die Romanabteilung geschickt.«

»Sie geben es also zu!« sagte Richard anklagend.

»Natürlich!« erwiderte der *Herr der Worte.* »Denk doch mal nach, Junge! Wie langweilig wäre es gewesen, wenn ich nur eine Seite umgeblättert hätte.«

Der *Herr der Worte* ließ seinen Stab über der Kristallkugel kreisen, und ein geisterhaftes Bild des wahnsinnigen Mr. Hyde erschien.

Richard und die Bücher schraken angstvoll zurück, aber das Bild veränderte sich schnell in das des freundlichen Dr. Jekyll, der vor Richard den Hut zog. »Du hast das Böse besiegt, junger Mann.«

Der *Herr der Worte* ließ Bilder von Ahab und Long John Silver folgen.

»Du hast Moby Dick ins Auge gesehen, Junge!« rief Ahab voller Stolz.

»Wirklich, du hast das Zeug zum Piraten in dir, Bürschchen«, pflichtete ihm der Piratenkapitän bei. »Und laß dir von niemandem etwas anderes einreden.«

»Verstehst du denn nicht?« sagte der *Herr der Worte.* »Wenn du gleich von mir hierhergebracht worden wärst, hättest du niemals den Mut gefunden, deinen eigenen Ängsten zu begegnen.«

Das Bild des Drachen flackerte auf und unterbrach ihn. Der Drache spie eine riesige Flammensäule aus und verschwand dann im Nichts.

»Das, was du getan hast, hat dich zum Sieger gemacht«, fuhr der *Herr der Worte* fort. »Jetzt wirst du immer Sieger über deine Ängste sein.«

Richard blinzelte. So hatte er die Sache noch gar nicht betrachtet, aber der *Herr der Worte* hatte recht. Er hatte eine Menge Dinge getan, von denen er nicht einmal im Traum gedacht hätte, daß er den Mut dazu finden würde.

Von jetzt an würde er keinen Augenblick zögern, wenn es um so einfache Sachen ging wie auf einen Baum zu klettern oder mit dem Fahrrad zu Guttman zu fahren, um Nägel zu kaufen. Schließlich hatte er gegen Drachen und Piraten gekämpft - und gesiegt!

Richard grinste stolz. *Fantasy* warf einen Heiligenschein aus Elfenstaub über seinen Kopf. *Abenteuer* hob seinen Säbel und salutierte. *Grusel* lächelte einfach nur sein schreckliches Lächeln.

Der *Herr der Worte* ließ seinen Stab erneut

über die Kristallkuppel gleiten. Richard und die Bücher sahen darin wie in einem riesigen kugelförmigen Spiegel einen Jungen in einer gelb-weißen Jacke, der in der Büchereirotunde auf dem Rücken lag.

»He, das bin ja ich!« keuchte er.

»Das warst du!« berichtigte ihn der *Herr der Worte.*

Richard nickte und begriff, was er meinte. Das war der *alte* Richard ... der verschüchterte Junge, der Angst vor seinem eigenen Schatten hatte.

»Deine Welt erwartet dich«, sagte der *Herr der Worte.*

»Ich bin bereit«, erwiderte Richard und versammelte seine drei Bücherfreunde um sich. »Ich meine, wir sind bereit.«

Der *Herr der Worte* lächelte und hob seinen Stab hoch über den Kopf. Ein gewaltiger Wirbelwind fegte durch den Raum und zog Richard und die Bücher in einen Strudel aus Licht. Richard spürte, wie er durch die Luft geschleudert wurde und hörte um sich herum ohrenbetäubenden Lärm - der Wind, das Flattern der Seiten, die lauten, geflüsterten Sätze:

*»Romane von A bis Z! Wo alles möglich ist!«*

*»Er hält Ausschau nach dem Teufel der Tiefe. Er sucht nach Moby Dick, dem großen weißen Wal!«*

*»Jeder Mensch hat zwei Seiten, eine böse und eine gute.«*

*»... von dem gemeinsten, schwarzherzigsten Piraten, der je die Sieben Meere befahren hat.«*

*»Erbarmen! Erbarmen!«*

*»Und sie lebten glücklich bis an ihr Ende ...«*

# Kapitel 11

Rums! Rums! Rums! Drei Bücher schlugen direkt neben Richard auf dem Büchereiboden auf. Er öffnete die Augen und starrte hinauf in die bemalte Kuppel über der Rotunde. Die leblosen Gestalten des *Herrn der Worte,* von Dr. Jekyll und Mr. Hyde, Moby Dick und Long John Silver starrten ausdruckslos auf ihn herab.

»Du bist ganz schön ausgerutscht, junger Mann«, sagte jemand.

Richard richtete sich auf den Ellbogen auf und sah sich um. Er hatte nicht die geringste Ahnung, wo er sich befand. Der alte, bärtige Bibliothekar, Mr. Dewey, stand wenige Meter von ihm entfernt.

»Hm?« Richard schüttelte den Kopf und versuchte, die Schleier vor seinen Augen wegzuwischen.

»Ich sagte, du bist ganz schön ausgerutscht«, wiederholte Mr. Dewey.

Richard entdeckte das AUSGANG-Schild an der Wand.

Da *war es!* Instinktiv sprang er auf und lief darauf zu.

»Vorsicht!« rief der alte Bibliothekar hinter ihm her. »Du willst doch nicht wieder ausrutschen, oder?«

*Einen Augenblick mal!* dachte Richard und bremste plötzlich ab. *Was tue ich da eigentlich?*

Er drehte sich um und sah, wie Mr. Dewey sich bückte und die drei Bücher aufhob.

»Warten Sie!« Richard lief zu ihm zurück. »Ich habe was vergessen.« Er griff nach den Büchern und zog seinen durchweichten Büchereiausweis heraus. »Hier.«

Mr. Dewey inspizierte den Ausweis und nickte dann. Bevor Richard ihn aufhalten konnte, nahm er ihm *Grusel* aber wieder weg. »Ich fürchte, du kannst heute nur zwei Bücher mitnehmen.«

»Aber ich hab's ihm doch versprochen«, beharrte Richard.

Mr. Dewey runzelte die Stirn. »Wem hast du was versprochen?«

»Ihm.« Richard zeigte auf *Grusel*.

»Diesem alten Buch da?« Mr. Dewey hielt das ramponierte, mißgestaltete Buch in die Höhe.

»Ja ... bitte«, flehte Richard. »Sehen Sie, können Sie nicht vielleicht mal eine Ausnahme machen? Nur dieses eine Mal?«

Mr. Dewey hob die Hand und brachte ihn zum Schweigen. »Ich habe ein Talent dafür zu erraten, was die Leute brauchen.« Er blickte vorsichtig um sich, um sicherzugehen, daß sie niemand beobachtete, dann legte er das Buch wieder in Richards Hände und blinzelte. »Nur dieses eine Mal!«

»Danke!« Richard lief auf den Ausgang zu.

»Alles Gute, mein Junge!« rief Mr. Dewey hinter ihm her.

Richard, der die drei Bücher fest an seine Brust gepreßt hielt, stieß die große Eichentür auf.

Draußen hatte der Sturm sich gelegt, und die leuchtend orangefarbene Spätnachmittagssonne lugte hinter den Wolken hervor. Richard rannte die nassen Steinstufen der Bücherei hinunter und zu dem Denkmal hin, das er mit seinem Fahrrad gerammt hatte. Als er sein Rad aufhob, fiel ihm wieder ein, daß er bei dem Aufprall einige seiner Extra-Sicherheitszubehörteile verloren hatte - egal, er konnte trotzdem nach Hause fahren. Er warf die Bücher in den Fahrradkorb und sauste über die regennassen Straßen, die im Sonnenlicht glitzerten und funkelten.

Kurze Zeit später bog er um die Ecke einer baumbestandenen Straße in seiner Nachbarschaft und sah, daß die Kinder die Fahrradrampe wieder aufgebaut hatten. Ohne eine Sekunde nachzudenken, stieg Richard in die Pedale und beschleunigte seine Fahrt.

»He, guckt mal, wer da zurückgekommen ist!« rief eines der Kinder.

Richard ließ die Pedale immer schneller kreisen und fuhr direkt auf die Rampe zu.

»Schaut mal, was der da macht«, sagte eines der Kinder.

»Keine Angst«, meinte ein anderes. »Ihr wißt doch, daß er immer kneift.«

Aber genau das tat Richard nicht. Er brauste mit voller Geschwindigkeit über die Rampe und schoß hoch hinaus in die Luft, höher, als irgendein Kind es je geschafft hatte. Aus dem Augenwinkel sah er die ehrfürchtigen Gesichter der anderen Kinder.

»Unglaublich!« rief eines.

»Wahnsinn!« rief ein anderes.

*Boing!* Das Fahrrad landete auf dem nassen Asphalt, und Richard fuhr einfach weiter. Er sah sich nicht einmal um.

Claire und Alan Tyler waren stundenlang herumgefahren, um ihren Sohn zu suchen. Als sie nach Hause kamen, war es bereits dunkel. Voller Angst stieg Claire aus dem Wagen und sah etwas auf der Wiese liegen - stocksteif blieb sie stehen.

»Richards Fahrrad!« rief sie. »Er ist zu Hause!«

»Gott sei Dank!« Alan Tyler stieß einen Seufzer der Erleichterung aus, während seine Frau auf die Haustür zulief. Plötzlich bemerkte er etwas hinter dem Haus. »Claire, sieh mal!«

Seine Frau hielt an. »Was denn?«

»Sieh doch nur!« Alan Tyler zeigte auf das

Baumhaus in ihrem Garten. Ein Licht brannte darin.

»Was um alles in der Welt...?« fragte Claire Tyler, während sie zusammen mit ihrem Mann zu dem Baumhaus hinüberlief. Unten am Fuße des Baumes blieben sie stehen und blickten hinauf.

»Richard?« fragte sein Vater ungläubig.

Aber von oben kam keine Antwort. Alan Tyler kletterte hinauf in das Baumhaus, und Claire Tyler folgte ihm. Dort, auf dem Fußboden, lag im Licht einer Laterne und umgeben von seinen drei Büchern Richard in tiefem Schlaf.

»Der arme Kleine«, seufzte seine Mutter. »Am besten tragen wir ihn runter ins Haus und legen ihn ins Bett.«

»Ach, komm schon, laß ihn heute nacht doch hier oben schlafen«, flüsterte Alan Tyler. Dann legte er Richard seine Jacke über die Schultern und löschte die Laterne.

»Du mußt einen ganz schön weiten Weg hinter dir haben«, flüsterte er anerkennend. »Wir sind stolz auf dich.«

Mr. Tyler kletterte wieder herunter und ging mit seiner Frau zusammen zum Haus hinüber. Beide lächelten sie glücklich.

In dem dunklen Baumhaus jedoch brach das Rascheln von Seiten das Schweigen.

»Aye, das ist das Land des *Abenteuers*«, flüsterte eine Stimme. »Darauf könnt ihr euch verlassen.«

»Aber es ist so dunkel hier drin«, erwiderte

eine zitternde Stimme. »Ich wünschte, es gäbe hier ein Nachtlicht.«

Plötzlich flackerte die Laterne wieder auf und verströmte ein sanftes Glühen. »Wunsch erfüllt«, raunte *Fantasys* Stimme, und alle drei lachten sie leise.